Author
榮 三一
Illustration
なたーしゃ
1
人手が足りず耕作放棄された畑、
それを前に私は思いっきり叫んだ。
「――こんなに耕していいんですかっ!?」
JN021815
無敵な聖女騎士の
気ままに辺境開拓
聖術と錬金術を組み合わせて楽しい開拓ライフ

アローナ
聖女騎士の行動をサポートしてくれる
ベテラン神殿女官。ジナイーダを
優しく見守ってくれる。
ジナイーダ
破天荒な師匠のもとで学んだためか、
やることなすこと規格外な新米聖女騎士。
聖術だけでなく錬金術まで使いこなし、
農村復興に意欲を燃やしている。

ノーム
ラーベル村の畑に宿る精霊。
ソラナ
ラーベル村に住む
精霊使いの家系の少女。
村にやってきた同年代の
聖女騎士に興味を持つ。
辺境の農村を楽しく復興!

《空間算術法》というやり方で、
畑に直接錬成式を書き込む。
白く発光する文字列が畑の表面に羅列される。
後は石灰窒素の効果を増幅するため、
《祝福の祈り》を畑にかける、と。
「主よ、この地を祝し、御恵《みめぐみ》により産物を増し加え給《たま》え——」

無敵な聖女騎士の気ままに辺境開拓 1

聖術と錬金術を組み合わせて楽しい開拓ライフ

榮　三一

HJ文庫
1170

The Invincible Saintly Knight Explores the Frontier at Will 1

CONTENTS

口絵・本文イラスト／なたーしゃ

プロローグ

大聖堂には光が溢《あふ》れていた。窓からたくさんの陽の光が差し込《こ》んでいる。正面のステンドグラスに描《えが》かれる【主】――聖主教の唯一神《ゆいいっしん》――、その御姿《おすがた》が神々《こうごう》しい。

私は【聖女騎士《きし》】の白い正装を身にまとい、荘厳《そうごん》な大聖堂の赤い絨毯《じゅうたん》を踏《ふ》みしめる。他に三人、私と同じ聖女騎士がいて、横一列に歩調を合わせて前に進んだ。

祭壇《さいだん》の前に、大聖女エーファ様がおられる。白金の細工が施《ほどこ》されたローブが美しい。お年を召《め》した今でもなお壮健《そうけん》で、私たちを見つめ、優《やさ》しく微笑《ほほえ》んでおられた。

大聖堂の両端《りょうたん》には先輩《せんぱい》の聖女騎士たちが並ぶ。祭壇の両脇《りょうわき》には、聖女騎士の中でも特に優《すぐ》れた十二人――【十二聖】と呼ばれる方たちが並んでいる。

私たちは祭壇に続く階段の直前で立ち止まり、その場でひざまずいた。

ベルシュタイア王国・王都シェーナブルネン。水の都として知られる美しい街、その郊《こう》外《がい》の丘《おか》に【神殿《しんでん》】がある。神殿は、王国で広く信仰《しんこう》される聖主教の総本山である。

この神殿の大聖堂で、今日、聖女騎士叙任《きしじょにん》の儀《ぎ》が執《と》り行われた。

祈《いの》る聖女と、戦う騎士。双方《そうほう》の力を持つ者――それが聖女騎士。祈るだけでも、戦うだけでも、魔物《まもの》から人々を守ることはできない。その必要から聖女騎士が誕生した。

常に魔物の脅威《きょうい》に晒《さら》されているベルシュタイア王国において、魔物を倒《たお》す特別な力を持つ聖女騎士の存在は、不可欠なほどに重要なものだった。

今日、私を含《ふく》めた四人が、新たな聖女騎士として任命を受ける。


大聖女エーファ様の前にひざまずいた私たちは、これから宣誓《せんせい》をする。

エーファ様が私の名を呼び、問いかけた。

「ジナイーダ、汝《なんじ》に問う。汝、聖女として、何を使命とするか」

聖女は一つの使命を帯びて王国を巡《めぐ》り、務めに励《はげ》むもの。使命とは、言い換《か》えるなら、これからの活動のテーマといえる。

私は答える。

「はい、エーファ様。私の使命は、人々を飢《う》えの苦しみから救い出すこと、すなわち農業の振興《しんこう》を使命と致《いた》します」

――私はこれをしたい一心で、これまで研鑽《けんさん》を積み重ねてきた。迷いはない。

「よきかな。その使命、ついぞ忘れることのないように」

エーファ様の問いかけは一つだけではない。

「続けてジナイーダに問う。汝、騎士として、誰人《たれびと》に忠誠を捧《ささ》ぐか」

騎士として誰《だれ》に仕えるかの問い。これは定型句で返答することが決まっているため、私はその通りに答えた。

「はい、エーファ様。私の忠誠は、この王国に住まうすべての人々に捧げます」

「よきかな。その忠誠、決して揺《ゆ》らぐことのないように」

エーファ様は残る三人にも同じく問うた。それぞれが答えていく。

私たちが宣誓を終えると、エーファ様は祭壇に向き直り、聖なる主に祈りを捧げた。

祈りの後、先輩騎士《せんぱいきし》たちが栄唱の歌を歌い、エーファ様の祝祷《しゅくとう》をもって、叙任の儀は終わる。


式典は、務めを定める儀に続く。

務めとは、聖女騎士に課される任務のこと。魔物の討伐《とうばつ》、迷宮《めいきゅう》の封鎖《ふうさ》、貧困層《ひんこんそう》への医療《いりょう》支援《しえん》など、内容は様々。最初のうちは修行《しゅぎょう》を兼《か》ねて魔物の討伐に向かうのが通例となっていて、新人でも達成可能な低めの難易度のものが用意されるそうだ。

そして最初の務めは、くじ引きで行われる——何百年も前から続く伝統だとか——。くじを入れた箱が差し出され、左から順に各々《おのおの》手にしていく。私は最後に引いた。

実は叙任の儀の直前、隣《となり》にいるジェリカからこんなアドバイスをもらっている。

「箱の上の方に貼《は》りついているくじを取るといいですわ。きっと、あなたに相応《ふさわ》しい内容が記されていることでしょう」

私の同期であり親友のジェリカの言うことだ、きっと私の使命に合致《がっち》した、農業関連の務めに違《ちが》いない。

私は、くじの箱に手を入れ、上の方を軽くまさぐった。

……貼りついているくじを見つける。ジェリカのおすすめ通りに、これを掴《つか》んだ。

立体型の三角形に折られた紙が、手のひらに。

引いたくじを、左の騎士から順に開いて中身を読み上げていく。私以外の三人は、ジェリカも含めて、王都に近い場所での魔物の討伐を仰《おお》せつかった。

いよいよ私の番。期待を胸に、私はくじの中に書いてある文字を読み上げた。

「私、ジナイーダは、『ラーベル村の駐在《ちゅうざい》』を仰せつかりました」

読み上げた瞬間《しゅんかん》――大聖堂がざわついた。

間違《まちが》えたかな？　と思って文字を読んで見るけれども……間違えていない。

これで合っているはずなのだけど……。

「――これはどういうことですか！」

大聖女エーファ様の、怒気《どき》を含む鋭《するど》い声が大聖堂に響《ひび》き渡《わた》った。

「辺境のはずれにあるラーベル村の駐在は、多くの困難を伴《ともな》うもの。よって熟練の聖女騎士を遣《つか》わすのが通例となっています。とても新人に任せられるものではありません。この中に聖なる務めに手を加えた不届き者がいます、名乗り出なさい！」

普段《ふだん》は温厚《おんこう》なエーファ様が激昂《げきこう》され、大聖堂が冷水を打ったように静まり返る。

私は、ラーベル村の駐在が何を意味するのかが分からなくて、何も言えず……。

隣のジェリカをふと見たら――彼女《かのじょ》は顔を真っ青にして、固まっていた。

――あら？　どうしてそんな不安そうな顔を？　もしジェリカが仕組んだのだとしたら、素知らぬ顔をしているでしょうに。

どういうことなんでしょう？　ちょっと分からない。

そうこうしていると、

「――エーファ様、ここは一つ冷静に」

落ち着いた声音《こわね》で、エーファ様に声をかける聖女騎士が一人。十二聖の一人にして、私のお師様でもあるヴィクトリア様だ。

長い金髪《きんぱつ》を三つ編みにし、自信に溢れる微笑《びしょう》を浮《う》かべ、薄《うす》い金色の鎧《よろい》を着こなす姿は、いつものお師様と変わらない。

「まず本人に内容を伝え、その上で務めに励むか否《いな》かを決めてはいかがでしょう?」

何食わぬ顔で申し上げるお師様――ああ、あれは何か企《たくら》んでいる顔ですね。もしかしてお師様の差し金でしょうか……?

エーファ様も何かお察しなさったのか、お師様を疑いの目でじっと見つめておられた。

「……いいでしょう」

諦《あきら》めたように一言つぶやき、エーファ様が了承《りょうしょう》なさった。

お師様が進み出て、私に告げた。

「ジナイーダよ、心して聞け。

ラーベル村は、東部辺境・オステンデル辺境伯領《はくりょう》の東の外れにある小さな村だ。交通の便は言うほど悪くないが、それでも遠方にあるが故に神殿からの支援《しえん》は届きにくく、もし村で問題が生じれば、原則としてお前一人で解決しなければならない。

小さな村であるが故に、神殿のように設備が整っているはずもなく、王都のように便利な店が揃《そろ》っていることもない。ないものだらけの中で、お前は日々の務めを果たしていくことになる。

　その務めであるが、かの村の聖堂には、決して世に解き放ってはならぬものが封《ふう》じられている。この封印《ふういん》を守り抜《ぬ》く責任は重大だ。また、かの村では過疎《かそ》化が進み、働き手の不足が深刻だと聞いている。お前は村の労働、特に農作業を手伝うことになるだろう。村の維持《いじ》のためにすべきことは多い。

　つらい務めになる。お前が思っている以上に苛《か》酷《こく》だと心得よ。

　その上でお前に問おう。――ジナイーダ、それでもやるか？」

　私は即答《そくとう》した。答えは一つしかなかった。

「我《わ》が師ヴィクトリア様、大聖女エーファ様。農業の振興は私の使命、村の方々が農業のことでお困りならば、助力をし、お支えする、それこそ私の務めです。どうか私を遣わしてください、ラーベル村の駐在、必ずや成《な》し遂《と》げてみせます！」

　農作業をさせてもらえるのなら、是非《ぜひ》させて欲《ほ》しい。むしろやる気が出るというもの。

　それにお師様は、時に厳しいことを仰せになるけれども、絶対不可能なことを申しつけるようなお方ではない。これはお師様からの激励《げきれい》なのだ――「努力せよ！」と。

　であれば、私は努力するのみ。困難に挑《いど》んでこそ聖女騎士です！

「――ジナイーダ、本当にいいのですね？」

と仰せになるエーファ様。もう引き返せませんよ、と言外に伝えられたように感じた。

「はい、エーファ様！」

私は右手を握《にぎ》り、胸の前に当てて答えた。覚悟《かくご》はできているとの証《あか》し。

「分かりました。では、ジナイーダには『ラーベル村の駐在』を申しつけましょう」

こうして務めを定める儀は終わり、私たち新人聖女騎士は、さっそく務めの準備を始めることになる。


一連の儀式《ぎしき》の後、ジェリカにお礼を言おうと声をかけたのだけど――

「ジェリカ」

「！　……」

彼女はさっと顔を背《そむ》けて、走り去ってしまった。あらあら。

「――ジナ」

私の背中に、お師様が声をかけてきた。

「ジェリカを恨《うら》まないでやってくれ。彼女のせいじゃない」

「はい？」

「くじのことだよ」

お師様は何食わぬ顔で微笑んでいた。

「いや何、前日に夜陰《やいん》に紛《まぎ》れてジェリカがくじに細工をしていたところを私は見ていないし、まして私が『ちょうどいいからジナに相応しい務めに変えてしまえ』と考えて、くじに更《さら》に細工をしたなどということもない。私は十二聖だ、そんなあくどいことはしない」

……唖然《あぜん》としてしまう。すべてに合点《がてん》がいった。

「お師様？　それは遠回しな犯行声明ではありませんか？」

「なんのことかな？」

あくまでも、しれっとしている。そう、この人は十二聖トップの実力の持ち主で、豪放《ごうほう》磊落《らいらく》でさっぱりした性格のお方であり――何食わぬ顔でいたずらをすることがある。

神殿で引き取った孤児《こじ》たちと一緒《いっしょ》になって、神殿女官にいたずらすることもしばしば。

そういえば、こないだエーファ様が「あの４０歳児《さい》は」と、呆《あき》れておられましたね……。

「――まあしかし、真面目な話」

と前置きしたお師様が、真剣《しんけん》な顔をなさった。

「現状、ラーベル村の過疎化は深刻な問題だ。集落から人がいなくなれば、村に設置した聖堂の維持は難しくなる。逆に言えば、村人が増えれば聖堂の維持は容易となろう。

であれば、どうするか？　その問題を一度に解決する方法が、私は農業振興にあると思っている。一つ例を示せば――何か村の特産品を作り、これを市場に売る。そうすることで村が潤《うるお》うようになれば、若者が移住してくるようになる。そういったものだ」

「――はい」

「お前向けの務めだろう？」

「はい、まさに！」

まさに、私がやりたかったことそのものだ。さすがお師様。

「まあ、そういうことだ」お師様が微笑む。「農業振興をしたい一心で、そのための錬金《れんきん》術《じゅつ》まで学んだ聖女騎士はお前しかいない。私は、ラーベル村の問題はお前でしか解決できないと思っている。初《しょ》っ端《ぱな》から困難の多い務めを任せることになるが――ジナ、お前ならできると信じているぞ」

「はい、お師様」

「支援が届きにくいと言ったが、手助けをしない訳じゃない。むしろ一人で何もかも背負《しょ》い込もうとせず、支援が必要だと感じたら遠慮《えんりょ》なく連絡《れんらく》をよこしてくれ。私が言いたいのは『投げ出すな』だ。いいな？」

「はい！」

私は力強くうなずいた。

その時、お師様が右手を差し出した。その意味を理解し、私はその場にひざまずいた。

お師様の右手が私の頭に触《ふ》れる。

「――主は言われる。『わたしは誰を遣わそうか。誰が、わたしの為《ため》に行くだろうか』」

私は答えた。

「『ここに私がおります。私を遣わしてください』」

お師様が祈りを捧げる。

「聖なる主よ、今ここに、主と主の御民《みたみ》のため、聖なる務めを成し遂げんと決意した者がおります。その働きを祝し、務めを果たすことができるよう御助《おたす》けください。苦しき日にも、喜ばしき日にも、慈《いつく》しみ深き主がこの者と共におられ、その力強き御手《みて》にて正しく導いてくださいますように。――至高の御座にいます主に御栄えあれ《グロリア・イン・エクシエルシス・デオ》」

「御栄《グロリア》あれ」

聖女騎士を遣わす時に行われる祈り――按手《あんしゅ》の礼。

師である聖女騎士からそれを賜《たまわ》ることは、最高の栄誉《えいよ》である。

按手が終わり、私は立ち上がる。

「任せたぞ、ジナ」

力強く微笑むお師様。

「はい、お師様！」

私も同じように笑って、答えた。

――さあ、努力の日々の始まりです！

ベルシュタイア王国はとても広く、徒歩や馬車、水運などで王国を巡ろうとすると、月単位で時間がかかってしまう。道中、魔物に襲《おそ》われることもしばしばで、戦闘《せんとう》に巻き込まれれば更に日数がかかってしまう。

この問題をなんとかしようと魔導《まどう》の達人たちが集まり、研究を重ねた結果、瞬間移動装置である【転送クリスタル】が開発されるに至った。

このクリスタルを使って一度に運べるものは、荷馬車一台と荷台に乗るだけの荷物、そして人が八人。これが標準。人間だけなら二十人くらい送れるとか。

この転送クリスタルで王国内の主だった街が結ばれている。この発明で、人と物の移動がずいぶん楽になったそうだ。

転送クリスタルは聖主教が管理している。利用にはお布施《ふせ》が必要なものの、庶民《しょみん》でも利用可能なほどに安価で、かつ原則として誰でも利用することができる。

私はこの転送クリスタルを使って、王国の東の果てにあるオステンデル辺境伯領、その主都ザゴーシュへと瞬時《しゅんじ》に移動した。

神殿にある転送クリスタルは水色。それが白い光を放ち、光が収まる頃《ころ》には紫色《むらさきいろ》のクリスタルに変わって、周囲の様子も様変わりしていた——ザゴーシュの聖堂に着いた証拠《しょうこ》だ。

私の他、付き人として神殿女官のアローナと、荷馬車一台、諸々《もろもろ》の荷物も一緒に転送されている。

——私が聖女騎士となってから、二日後のことだった。

さっそくオステンデル辺境伯にお目通りを願った。聖女騎士は領地にお邪魔《じゃま》する形で務めに励むから、活動する前に必ず領主様に一言ご挨拶《あいさつ》するようにしている。

面会はすぐに受け入れられ、応接の間にて辺境伯ご本人様とお会いした。

「ようこそおいでくださいました、聖女騎士様。オステンデル辺境伯のゴードン・エフィンジャーにございます」

ゴードン様は武人肌《はだ》の壮年《そうねん》の男性。それでいて物腰《ものごし》は穏《おだ》やか、所作は丁寧《ていねい》だった。

「私は神殿より遣わされました、聖女騎士のジナイーダと申します」

私も失礼のないよう、丁寧な挨拶を心がけた。

まず、私がラーベル村の駐在を仰せつかったことをゴードン様にお伝えした。聖女騎士の活動にいい顔をしない領主様もおられると聞いていていたけれども――

「おお、そうでしたか。先任のレーア様がご勇退なさると伺《うかが》いまして、後任の方をお待ちしていたところでございます。王都からはるばるお越《こ》しいただきありがとうございます」

ゴードン様は快く受け入れてくださった。それだけでなく、

「まだお若いのに辺境でのお務めとは、さぞ大変なことでしょう。村の隣にありますタッケンの町に、我が配下の将兵を駐留《ちゅうりゅう》させております。何かお困りごとがございましたら、どうぞご遠慮なくお申し付けください。現地の指揮官には、できる限りの手を尽《つ》くすよう命じております」

ご支援もいただけるとのことで、本当に有り難《がた》いことだった。

「ゴードン様のご厚意《こうい》に心からの感謝を申し上げます。私も、貴方様《あなたさま》と、貴方様のご所領に住まわれる皆様《みなさま》の助けになりますよう、日々精進《しょうじん》して参ります」

感謝を申し上げ、それからしばしお話をさせていただいた。

ゴードン様から、このところ東部辺境全域で魔物の活動が活発となっていて、ラーベル村周辺でも魔物が多く出没《しゅつぼつ》していることをお聞きした。村はひとまず平穏《へいおん》を保っているけれども、物資の輸送には苦労しているとも伺った。

村の安定のためにも、魔物討伐《まものとうばつ》はしっかり行わなくてはならない。留意しておく。

「――ジナイーダ様。ラーベル村のこと、どうかよろしくお願い致します」

私を送り出す時、ゴードン様が丁寧にお辞儀《じぎ》をしてくださった。

「かしこまりました、ゴードン様。村のために全力を尽くすことをお約束致します」

礼には礼を。私も深くお辞儀をさせていただく。


会見を終え、私たちはさっそく馬車でラーベル村に向かった。

村は、主都ザゴーシュから馬車で東に向かって三日程度かかるそう。道はそんなに険しくなく、馬車で無理なく通行できるとか。

――確かにお師様の言う通りで、交通の便はそれほど悪くないと思う。

私は幌《ほろ》付きの馬車の荷台に腰《こし》かけ、揺られながら旅路を進む。御者台《ぎょしゃだい》には神殿女官のアローナがついてくれている。

神殿女官は、聖女騎士に付き従って聖女騎士の行動をサポートしてくれる人たち。その一人であるアローナは、お師様の紹介《しょうかい》で二日前に顔合わせしたばかりだった。

――その時のことをふと思い出す。

「アローナは聖女騎士の遠征《えんせい》に同行した経験もある、それなりのベテランだ。新人のお前をよくサポートしてくれるだろう。頼《たよ》ってやってくれ」

お師様はアローナをそのように紹介してくださった。

「よろしくお願いしますね、ジナイーダ様」

「こちらこそ、よろしくお願いします。アローナ」

長い髪《かみ》を左右で結んだ髪型《かみがた》と、明るい笑顔《えがお》が特徴的《とくちょうてき》だ。第一印象は『明るく気さくな女性』といったところ。白を基調とした神殿女官の正装もよく似合う。

アローナと私は、そのままお師様から重大な話を聞いた。

「これは、村に駐在する者にのみ伝えられる情報だ。口外はしないようにな」

他言無用を念押《ねんお》しされた上で、話を聞く。

「ラーベル村には極《きわ》めて危険な魔剣《まけん》が封じられている。名を《デスブリンガー》という」

私はその魔剣のことを知らなかったけれど、アローナは知っていたようで、たいそう驚《おどろ》いていた。

「ヴィクトリア様、それ、三大魔剣の一つ……」

「そうだ」とお師様、首肯《しゅこう》される。「三つのうち二つは神殿の地下に封じているが、デスブリンガーだけは神殿に移送できないままになっている。封印された経緯《けいい》が特殊《とくしゅ》で、しかも封印の仕方もこれまた特殊でな。魔剣の性質も厄介《やっかい》なだけに、これまで何度も移送を計画しては断念し、封印に専念してきた歴史がある。ただ封印自体は安定しているから、下手にいじらなければ、どうということはない。そこは安心していい」

「承知しました。それでお師様、その魔剣はどういった性質を持つのでしょうか？」

私が尋《たず》ねると、お師様はゆっくりと、しっかり言って聞かせるように答えられた。

「――その名の通り、『死をもたらす剣《けん》』だ。斬《き》られたら強制的に死を刻まれ、魔剣から溢れ出る魔気に触れるだけでも生命力を吸い取られると伝わる。この剣は上級魔族《まぞく》ティグラト・ピレセルが使っていて、時の聖女が命がけで剣を奪《うば》い取り、命と引き換えに封印したものだ。あの小さな村に聖堂が建つ理由も、その魔剣が原因だよ」

『魔族』とは、魔物を統率《とうそつ》し支配する種族である。知能が高く、人語を解し、強力な魔術《まじゅつ》と知略をもって、狡猾《こうかつ》に、かつ執拗《しつよう》に人間を襲う。強さに応じて下級・中級・上級とランクづけされていて、上級ともなれば天変地異級の大災害が起こると言われている。

その上級魔族から『聖女』が魔剣を奪った――この【聖女】とは聖女騎士の前身となる存在で、武器を持たず、祈りの力のみで魔物と対峙《たいじ》していた女性たちを意味する。

聖女が武器を手に取り聖女騎士となったのは百年ほど前だから、その出来事は百年以上前の話ということになる。

かつてそのような出来事があったとは知らず、ただただ、驚かされた。

お師様は続けて言う、

「魔剣の性質を考慮《こうりょ》すれば、複数名の聖女騎士で防御《ぼうぎょ》を固めるべきところではある。だが聖女騎士の数にも限りがある上に、警備を厳重にしすぎると魔族が『ここには何かある』と勘《かん》づいて、かえって狙《ねら》われやすくなる。魔族に『どこにでもある小さな村の聖堂』とミスリードさせるためにも、ごく少数の聖女騎士でこの務めを行わなくてはならん。

まあ、私としてはあんなくそったれの魔剣など、さっさと現地でへし折るか、浄化《じょうか》するか、あるいは神殿にブッ込んでしまいたいんだがな。色々あって機会を逃《のが》している。ただ、そう遠くない将来にやり遂げようと考えていて、それまでの間、最も信頼《しんらい》できる聖女騎士に守護をしてもらいたいと、そう考えていた。その結果、こうなった訳だ」

最も信頼できる……お師様からそんなご評価をいただけるとは。それだけの実力があると認められるのは嬉《うれ》しくて、でも少しばかり、照れくさかった。

お師様は更に続けて、

「それだけじゃなく、ジナには『魔剣を処理した後』のことも頼《たの》みたいと思っている。ジナには少し話したが、聖堂を維持するために、村が賑《にぎ》わうようにして欲しいんだ。

知っての通り聖堂は、魔物どもが魔《ま》界《かい》から地上に向かう際の通り道として使う【迷宮】、もしくは魔物や魔族が作り出した呪物《じゅぶつ》——件《くだん》の魔剣がまさにそうだな——、これらを封じるために建てられる。建物自体が結界石の役割を果たし、聖女騎士の【聖術】によって結界が維持される。結界は、迷宮や呪物を封じるのみならず、魔物を聖堂から遠ざける『見えない壁《かべ》』をも作り出す。これにより、聖堂を中心に魔物を寄せつけない広い空間が作られることになる。こうして安全を確保する訳だな。

魔物がいない土地があれば、人がそこで生活できるようになる。人々が集まって集落ができれば、聖女騎士が集落を守り、集落に住む人々が収入の一部を捧げて聖女騎士を支えていくという共生関係が生まれる――これが、この国での昔ながらの生活様式だ。

こうした『聖堂を中心とした営み』を守ることも聖女騎士の務めだ。魔剣を処理した後もラーベル村での営みは続く訳で、『魔剣も処理したし村も過疎《かそ》になっているから、この際廃村《はいそん》にしてしまおう』などという話になってはダメだ。よって、魔物から村を守り、なおかつ村を発展させる方法を身につけた者を遣わさなくてはならない。

――ジナ、私はお前以上の適任はいないと思うが、どう思う？」

「もちろん、お師様と同じ思いです」

魔剣の話を聞いた上でも、私の決意に変わりはなかった。

私としては事情が分かったので質問はなかったけれど、アローナにはあったようで――

「でもヴィクトリア様、その魔剣を封印する聖堂の防人《さきもり》として、ジナイーダ様は派遣《はけん》されるのですよね？　少し……というか、ずいぶん酷《こく》な話じゃないですか？」

「言いたいことは分かる、アローナ。お前の懸念《けねん》する通り、ラーベル村駐在の聖女騎士には、『命と引き換えにしてでも魔剣の封印を維持せよ』との務めも言い渡される」

――私は特に驚きもしなかった。魔剣の性質を考えると当然だと思う。

くじ引きの時、エーファ様が激昂なさったのも、新人のうちから過酷《かこく》な務めを背負わせるのは忍《しの》びないと思われたからだろう。

私はそれらのすべてを理解した上で、すぐに自分の意志でこう言った。

「お師様。私・ジナイーダは、この命と引き換えにしてでも聖堂を守り抜くことを、ここにお誓《ちか》い申し上げます」

そして、こう付け加えた。

「当然、死ぬつもりはありませんので、ありとあらゆる手段を用いて聖堂を維持します。私の使命はあくまで農業の振興、土も耕すことなく死んでたまるかという思いです」

それを聞いたお師様は、くっくっく、と忍び笑《わら》いをなさっていた。

「だそうだ、アローナ。ウチの弟子《でし》は図太いだろう?」

「はぁい、ごんぶとですねぇ～」

三人で笑い合った。

「ということで、ご覧の通り心配はいらん。ジナには今すぐ十二聖にしてもいいくらいの実力がある――短期間でそうなるように努力しろとは言わなかったんだがなぁ。それに、いざという時は私が駆《か》けつける。ジナは私が死なせんよ」

とても心強いお言葉を頂いた。そのお言葉だけでも充分《じゅうぶん》に励みになる。

アローナも納得《なっとく》がいったようだった。

「かしこまりました、ヴィクトリア様。私もジナイーダ様のサポート、しっかりさせていただきますね！」

――ということで、思った以上に重要なお務めになってしまったけれども。

それでも私は、そこまで深刻に考《かんが》え込んではいなかった。つまるところ、封印には触れずに結界を維持し続ければいいだけなので。

「ジナイーダ様ぁ、今話しかけてもいいですか～？」

御者台からアローナが声をかけてきた。

「ええ、いいですよ。少しお待ちを」

話しやすいよう、私は荷台から御者台に移動する。

「それでアローナ、話というのは？」

「いえ、考え込んでいるように見えましたので、緊張《きんちょう》をほぐそうかな～って」

彼女、やはり気さくな人のようで。

「ありがとう、アローナ。――考え込むというよりは、先日のお師様の話を思い出していたところですね」

「あ～、例の魔剣ですね。困ったもんですねぇ」

「ええ。早いところお師様が来てくださって、魔剣をぶっこ抜いて欲しいところですね。こう、エイヤッて感じで」

「ちょっ、ぶっこ抜くって」

アローナが笑っている。

「あらら、少々下品な言葉が出てしまいましたね。失礼しました」

私は口元を右手で押さえた。

「いいえ、いいんですよぉ。私は固いのより緩《ゆる》い方がいいので～」

「ありがとうございます。けれど、常日頃《つねひごろ》から聖女騎士らしい立ち居振《ふ》る舞《ま》いを心がけることも、聖女騎士の務めです」

私は背筋を伸《の》ばす。クス、とアローナが微笑んでいた。

「でも、なんだか意外ですね～。ジナイーダ様って、あのヴィクトリア様のお弟子様で、聖女騎士《きし》候補生の頃からベテラン聖女騎士と同レベルの実力をお持ちだって噂《うわさ》されてて、魔導学園にも留学されて、まさに完璧超人《かんぺきちょうじん》！って感じに私は思ってましたから～。そんな人が、まさかヴィクトリア様みたいに『ぶっこ抜く』なんて言い回しをするとは思ってなくて、そこがいいなぁって思っちゃいました～」

「ええ、朱《しゅ》に交われば赤くなる訳でして。……アローナ、申し訳ないけれどその件は忘れてください」

「いやで～す！」

あーこれは延々と話題にされるパターンですね。困りましたねぇ……。

「だから、私の前ではそんなふうに、ゆるい感じでいいですからね、ジナイーダ様～」

アローナはニコニコ微笑んでいる。時には力を抜いてくださいね、という気遣《きづか》いが感じられた。やはり気さくな人だ。

その気さくな人柄《ひとがら》に、私も応えようと思う。

「であれば、アローナ。私のことはジナと呼んでくれていいですよ」

「わぁ嬉しい！　ありがとうございます～。でもけじめとして、『様』はつけますよ？」

「そこはお任せします」

「は～い。――でもぉ、本当のところ、どうしてヴィクトリア様は、魔剣の対処をすぐになさらないのでしょうね～？」

「何かご事情があるのだと思いますよ。できるのなら既《すで》になさっているはずですし」

「それもそうですね。まあ、私たちはのんびりまったりやっていきましょう！」

「そうですね。あまり気負いすぎても仕方ありませんから」

「そうですよ〜。ゆるふわ、ゆるふわ」

「ええ、ゆるふわで」

——道中、二人でこのようなほんわかした会話をしつつ、時折現れる魔物を討伐しながら、目的地を目指した。


二日後の夕方、ラーベル村の隣にあるタッケンの町にたどり着いた。

着くなり町に駐留する兵士の方が来られて、お話をすることに。その方曰《いわ》く、駐留兵の指揮官である騎士のバロック様は現在ご不在で、ラーベル村におられるとのこと。

理由をお尋ねすると、

「これまでラーベル村に駐在なさっていた聖女騎士のレーア様が、このたびご勇退なさるとのことで、お迎《むか》えに上がったのであります。バロック様は町の兵士三十名に同行をお命じになりまして、ジナイーダ様が来られるまで村に滞在《たいざい》する予定であります」

——兵士の方にご足労いただいたそうで、私も恐縮《きょうしゅく》してしまった。

「後任のジナイーダ様あてに、バロック様から言伝《ことづて》を承《うけたまわ》っております。——先んじて村周辺の魔物《まもの》討伐を致したく、不在にさせていただく無礼をお許しください。どうぞごゆるりと村にお越しください。ラーベル村でお待ちしております。――以上であります」

私のことは、連絡クリスタル――転送クリスタルの小型版で、手紙等をやり取りするもの――にて、領主様から先にご連絡があったのだろう。先に魔物討伐をして私が村に向かいやすくしてくださり、そのお心遣《こころづか》いに感謝するばかりだった。

私は兵士の方に感謝を伝え、宿を取った。宿の方も、とても丁寧に接してくださった。

――後任の聖女騎士《きし》にも優《やさ》しいということは、先任者が村や町で尊敬を集めていたという証拠。先任者が傲岸不遜《ごうがんふそん》だとこうはならない――。アローナがそう教えてくれた。

私も見習わなくてはと思う。

夜が明けてすぐ、私とアローナはラーベル村に出発した。可能なら、昼までには村に着いておきたい。

町を出てすぐに森に入り、緩やかに登る道を、川沿いにゆっくり進む。

道中、魔物のゴブリンと出くわすことがしばしばあったけれど、まあ、私の敵ではなかった。――来た、見た、勝った。それだけ。

細くなった沢《さわ》を、石造りのアーチ橋で渡ったところで、道の上り勾配《こうばい》が下り勾配に変わった。そこから進んでいくと、町の人から教わった目印の樫《かし》の老木を見つけた。老木の前に木札も立っていて、矢印と共に「ラーベル村」と記してあった。

引き続き森の中を進む。馬車一台が充分に通れる幅《はば》の、踏《ふ》み均《なら》した道が続く。

——その時、前方から濃《こ》い魔物の気配を感じた。

「アローナ、馬車を止めて」

「はい、ジナ様。……私でも感じますね、相当、いるみたいです」

道はその先で左にカーブしていて、先の様子は分からない。けれど、時間的にはもうラーベル村に着くはずで、その付近で濃い魔物の気配がするということは……。

「村の周囲に魔物が集結していると判断します。アローナ、ゆっくりでいいので馬車をこのまま進めてください。私は先行しますが、馬車を任せても？」

「はい、お任せください！　——よっと」

アローナは荷台から護身具のメイスを取り出した。

「馬車の護衛くらいはできますから、どうぞお気兼《きが》ねなく！」

「ありがとう、アローナ」

私は馬車を降り、目を閉じ、短く祈《いの》りを唱えた。

「主よ、魔を打ち砕《くだ》く力を与《あた》え給《たま》え——！」

これは聖女騎士特有の魔法《まほう》・【聖術】のうちの、基礎《きそ》聖術と呼ばれるものの一つ。名を《加護の祈り》という。自身の身体と装備品を強化する効果がある。

「では、行ってきます！」

私は駆け出した。聖なる加護の加わった私の身体は、矢のように素早《すばや》く道を進む。道なりに突《つ》き進《すす》んでいって、魔物の集団が見えた。ゴブリンだ。緑色の肌をした二足歩行の魔物で、石製の手斧《ておの》やハンマーで武装している。ゴブリンどもは村の結界に阻《はば》まれて先に進めず、その結界を破壊《はかい》するため、手持ちの武器で結界を執拗に攻撃《こうげき》していた。村に精霊《せいれい》使いがいるのだろう、ゴブリンの群れを水の精霊・ウンディーネが攻撃している。けれどゴブリンの数が多い。あのままでは結界が崩《くず》れる。すぐに討伐《とうばつ》しなくては。

私は駆ける勢いそのままに、ゴブリンの群れに突入《とつにゅう》。細身の聖剣《せいけん》を抜いて、横薙《よこな》ぎに、そして力任せに振《ふ》るった！

十体ほどのゴブリンが上下真っ二つになりながら吹《ふ》き飛ぶ。

同時に、村への道が拓《ひら》ける。私はスピードを緩めず、村の木製の門をくぐった。

足を踏ん張り、地面を擦《す》りながら停止。土埃《つちぼこり》が少し舞う。

村の入口に、兵士が十名ほどいた。剣を構えていて、突然《とつぜん》舞《ま》い込《こ》んできた私にびっくりしている。

後方には騎乗《きじょう》している騎士がおられた――こちらがバロック様だろう。

村の広場では、傷ついた兵士が、大きな麻布《あさぬの》の上に寝《ね》かされて治療《ちりょう》を受けていた。神殿《しんでん》女官が一人、回復薬《ポーション》を使って傷を癒《い》やしている。

「あ、あなたは――」

騎士の方が私に誰何《すいか》される。

「私は神殿より遣わされました、後任の聖女騎士のジナイーダです。まずは負傷者の治療を致《いた》しましょう」

すぐに終わるので、治療を先にしてしまおうと思う。私は剣を納めた。

負傷者の中央に立ち、両手を組んで瞑目《めいもく》する。そして、短く祈りを捧《ささ》げた。

「主よ、傷を負いたる者たちに癒《いや》しを与え給え――」

基礎聖術・《快癒《かいゆ》の祈り》。加護の祈りによって力がブーストされている今、私の快癒の祈りは複数人に効果がある。

私が目を開けた時には、負傷者は全員、回復していた。

「え……あれ、傷が治って……？」

「すごい、全然傷跡《きずあと》がない……！」

「この一瞬《いっしゅん》で治療してくださった……!?　い、いったい……」

兵士の方々が驚かれている。それはさておき、騎士の方にお尋ねする。

「失礼ですが、バロック様でいらっしゃいますか?」

「え、あ、はい。自分がバロックであります」

「敵を蹴散《けち》らしてまいりますので、しばしお待ちください。私一人で大丈夫《だいじょうぶ》なのですが、念のため、村の防備を固めていただけますと幸いです」

「……は? 蹴散らす? それも、お一人で?」

「はい。ちなみに魔物の総勢はどれくらいでしょう? 概算《がいさん》で構いませんので」

「は、その……最初に確認《かくにん》した時には、百はいたかと」

「なるほど、若干《じゃっかん》手間がかかりそうですが――まあ、楽勝ですね」

「ら、楽勝? いや、そんなはずは――」

「大丈夫ですよ。同じ数の、より強力な魔物を相手にしたこともありますから。それでは」

私は微笑《びしょう》を見せ、そして駆け出した。羽根のように軽い身体が矢のように突き進む。

あとは抜剣《ばっけん》して、森の中のゴブリンをひたすら倒《たお》していくだけ。のろまなゴブリン相手には苦戦すら恥《はじ》と思うべき。さっさと捌《さば》いていく。

他にアッシュハウンドという狼《おおかみ》型の魔物や、オークという大型の二足歩行の魔物もいたけれど、これも敵ではない。順次首をはね、胴《どう》をかっさばく、それだけ。

周囲に敵の姿がなくなったところで、アローナと荷馬車のところに駆けつけた。

「アローナ、大丈夫でしたか？」

「はい。私の方には寄ってきませんでした」

戦闘時とあって、彼女《かのじょ》の口調にも緊張が感じられる。

私は荷馬車に寄り添《そ》って護衛をし、道を下って、荷馬車を村の中に入れた。これでひと安心。そこでアローナに一言、

「森の中に残敵がいるようなので、掃討《そうとう》してきます。アローナは皆《みな》さんにご挨拶をお願いしますね」

「かしこまりました。お気をつけて」

私は再び駆け出した。

私・アローナは村の広場の手前で馬車を止め、御者台から降りた。

まずは一礼して、真面目にご挨拶、と。

「神殿より遣《つか》わされました、私は神殿女官のアローナと申します。私がお仕えしておりますジナイーダ様は、ただいま魔物を討伐しておりますので、私が代わりにご挨拶申し上げます。皆様、よろしくお願い致します」

顔を上げる、のだけど……兵士の皆さんも、兵士に治療していたと思われる村人の皆さんも、みーんなぼーぜんとしている。

うーん、ジナ様、これは何かやらかしちゃった感じかな？

さてこの後どうしよう、と思っていたら――神殿女官がやってきた。私より年上だと思う。落ち着いた雰囲気《ふんいき》のクールな人だけど、会ったことはない。

「アローナ、私はレーア様にお仕えしております、神殿女官のレイチェルです」

「はじめまして、アローナです」

「――あの方は何者ですか？」

しごく真面目な顔で、レイチェルが問いかけてきた。

「何者って、まさかジナ様、ご挨拶することもなく――」

「いえそうではなく、あの方は快癒の祈りにて、複数の負傷者を、それも命に関わりかねない深手さえも一瞬で治療されました。しかも短縮詠唱《えいしょう》でなさったのです。十二聖に比肩《ひけん》しうる実力とお見受けします。もしや、後任の方は新たに十二聖となった方で――」

「違《ちが》います違います！　ジナ様は新人の聖女騎士様ですよ？」

私は慌《あわ》てて否定したのだけど――レイチェルさん、信じてくれない。

「新人？　ご冗談《じょうだん》を。新たに十二聖となられた方に違いありません」

「いや、本当に新人なんですって！　ただ、お師匠《ししょう》様がヴィクトリア様ってだけで――」

ヴィクトリア様のお名前を出した途端《とたん》、レイチェルさんは固まった。

「――なるほど。取り乱してしまい失礼しました。すべて納得しました」

そして、平静になった。

う～ん……お名前だけですべて納得がいくヴィクトリア様って……。

まぁあの人、武勇伝が凄《すさ》まじいですからねぇ。逸話《いつわ》が数え切れないくらいあるし、ずっと前から『大陸最強』なんて言われてるし……。

続けて騎士の方――バロック様にもご挨拶をした。バロック様は下馬して丁寧に返礼してくださったのだけど、少しおろおろとしていた。

「あの、聖女騎士様お一人に討伐をお任せする形となり、とても申し訳ない限りなのですが……だ、大丈夫なのでしょうか？」

「はい、まず問題ないかと思います。――ジナ様は、何か申しておりましたか？」

「ええ、信じられないのですが――同じ数の強力な魔物を倒したことがあるから楽勝だ、とおっしゃって、さっと行ってしまわれまして……」

ジナ様ぁ、端折《はしょ》りすぎ～……。フォローしておこう。

「大丈夫ですよ。実力は既に十二聖の聖女騎士と同レベルだと思います。ここに来るまでの道中でも、魔物を一瞬で捌いてらっしゃいましたし」

「そ、そうなのですね……。しかしあの方、随分《ずいぶん》お若い方とお見受けしますが」

「ええ、確か今年で16歳《さい》だったかと記憶《きおく》しています」

「…………！」

バロック様が唖然《あぜん》となさっていた。

そうこうしているうちにジナ様が戻《もど》ってこられた。村の門から勢いよく入ってきて、足を踏ん張り砂を巻き上げながら止まる。風向きのせいで砂埃《すなぼこり》がご自分の方にやってきて、「けほけほ」と咳《せ》き込みながら砂埃を手で払《はら》っている。その後、軽《かろ》やかに納剣。

「――あ、バロック様。残敵を掃討致《そうとういた》しましたので、警戒《けいかい》レベルを下げていただいて大丈夫ですよ」

爽《さわ》やかな笑顔を振りまいて、ジナ様がおっしゃった。息一つ上がっていないけれども、たぶん、何十体と魔物を倒してきたのだろう。

自分の強さを鼻にかけるでもなく、あっさりと、かつ平然と、常人では成《な》し遂《と》げられないことをやってのけ、そして、何事もなかったように微笑《ほほえ》む……。

ヴィクトリア様そっくりだ。

バロック様が「はあ……」と返すので精一杯《せいいっぱい》なご様子なのも、無理もない。

――お師匠がお師匠なら、お弟子もお弟子ですねぇ……。

私はそんなふうに思ったのでした。

〇

レーア様付きの神殿女官・レイチェルの先導で、私とアローナは村の中央にある聖堂に向かった。石造りの素朴《そぼく》な外観で、古《ふる》めかしいけれども、堅固《けんご》さは保たれている。

「――こちらにどうぞ」

レイチェルが聖堂の扉《とびら》を開けると、礼拝堂が正面に見えた。朱色《しゅいろ》に色褪《いろあ》せた細長い絨毯《じゅうたん》が祭壇《さいだん》に延びている。祭壇の上には、枝分かれした燭台《しょくだい》に蝋燭《ろうそく》が灯《とも》っていた。

祭壇に光を届けるステンドグラスが、御座《みざ》にいます主のお姿を表す。太陽の光を浴びて神々《こうごう》しく、また美しく輝《かがや》いている。

祭壇の前では聖女騎士が膝《ひざ》をかがめて、熱心に祈りを捧げていた。

「――御座にいます主よ、我らしもべに尽きせぬ恵《めぐ》みと御守《おまも》りを与え給え。義の光の輝きにて大地を照らし、魔物の群れを打ち砕き給え。主の御光《みひかり》輝けば、闇《やみ》は退き、魔物は地の底に堕《お》ちるべし。たとえ枯骨《ここつ》の満ちる死の谷を歩むとも、我ら恐《おそ》れることあらじ。羊飼いたる主が我らと共におられるが故に。――」

　聖女騎士の祈りは聖術となり、聖堂の結界を堅固なものとする。彼女の全身が淡《あわ》く光を放ち、その光が聖堂全体に行き渡《わた》り、聖堂自体もかすかな光を放っている。結界が活性化している証拠だ。

　村の結界を攻撃していた魔物はすべて倒したため、祈りを中断しても問題ないけれども……声をかけづらい。

　そこでレイチェルが備えつけのベルを鳴らした。チリンチリン、と軽やかな音。

　祈りを捧げていた聖女騎士が、丸めていた背を起こし、ステンドグラスを仰《あお》いだ。

「ああ、主よ、この小さき村をお守りくださいまして、心から感謝申し上げます。天には栄え、地には平和、世人に恵みがありますように。至高の御座にいます主に御栄えあれ《グロリア・イン・エクシェルシス・デオ》」

　――祈りを終え、大きな息をついた聖女騎士。吐息《といき》には疲労《ひろう》感が強く滲《にじ》んでいた。

　年老いた白髪《しらが》の聖女騎士が、両膝《りょうひざ》を地面についたまま身体を扉の方に向き直した。

「後任の方がいらしていたのね。私がレーアです」

　汗《あせ》の浮《う》かぶお顔に笑顔を浮かべられ、一礼されたレーア様。私は前に進み出て、レーア様の前で両膝をついた。

「後任のジナイーダと申します。レーア様、《封魔《ふうま》の祈り》お疲《つか》れ様《さま》でした。魔物はすべて討伐致《とうばついた》しましたので、ご安心ください」

「ああ、よかった。あなたもお疲れ様。遠いところからはるばる来たところに魔物討伐まで。というか——あなた、おいくつ？」

「今年で16になります」

「あら！」レーア様、たいそう驚かれていた。「あらあら、そんなに若いのに、この村に駐在《ちゅうざい》することになるなんて。エーファ様がよくお許しになったわね」

「はい。私のお師匠のヴィクトリア様が、その、とりなしてくださいまして」

お師様のお名前を出した途端、レーア様、今度は硬直《こうちょく》なさった。

「……ジナイーダ？　あなたのお師匠は、あのヴィクトリア様なの？」

「はい、十二聖のヴィクトリア様です」

「ああ……なるほど。おおむね理解したわ」

——おおむねどういうご理解をなさったかは、聞かないことにした。

「とにかく、魔物を倒してくれたようなので広場の方に行きましょう。きっと兵士の皆さんも傷ついておられることでしょうし。——レイチェル、杖《つえ》を持ってきてちょうだい」

「かしこまりました」

レイチェルが、壁に立てかけてあった杖を手にしてやってくる。

「レーア様、脚《あし》にお怪我《けが》を？」

「怪我ではないわ、年相応よ。しばらく前から膝と足首がどうもよくなくてね。ジナイーダ、申し訳ないけれど手を貸してくれるかしら？」

介助《かいじょ》なしでは立ち上がれないほどとは。きっと村のため、ひいては世のため人のため、相当の無理をなさってきたのだろう。であれば――

「その前にレーア様、少し失礼致します」

「？」

私はレーア様の両膝に両手をかざし、目を閉じて、短く祈りを捧げた。

「主よ、病《や》めるしもべに癒しを与え給え――」

聖術・《快癒の祈り》を行う。年齢《ねんれい》相応の衰《おとろ》えまでは癒せないけれど、病気の部分があるなら、治療することができる。

目を開けると――レーア様が目を丸くされていた。

「あなた、その歳で短縮詠唱を……？　私でもできないのに」

聖術を使う時には祈祷《きとう》文の読み上げが必須《ひっす》となる。けれど、特に戦闘《せんとう》中には長々と祈りを捧げる暇《ひま》はないから、大量の魔法力の消費と引き換《か》えに祈祷文を短くする技術が開発された。これが短縮詠唱。

習得は「少し難しい」くらい――私の感覚では。コツを掴《つか》めばすぐに慣れる。

「『戦闘中にちんたら詠唱していたら死ぬぞ』とお師様に言われて、覚えたものです」

私はそう答えた。ちょっと苦笑いになるのは――その時の苦労とお師様の荒《あら》っぽい物言いに思うところがあってのこと。

「レーア様、効果の程《ほど》はいかがでしょう？」

私はレーア様の手を取って、立ち上がるのをお手伝いする。すると……。

「あら。あらあらあら」

ゆっくりとではあるけれど、レーア様は淀《よど》むことなく立ち上がられた。レーア様の方から手を離《はな》されて、自分のお力で立たれている。

「杖なしで立つことができるなんて……。何年ぶりかしら」

驚きと感動の入り混じった声。そのままゆっくりと一歩を踏み出す。姿勢が少し危《あや》ういけれども、痛みとかは特にないご様子だ。

「ああ、杖なしで歩けるなんて。ほんの少し、膝が痛むけれど……ああ、凄《すご》いわ」

レーア様が更《さら》に数歩進めて、私の両手をぎゅっと握《にぎ》ってこられた。

「ジナイーダ、あなたはなんて素晴《すば》らしい聖女騎士なのでしょう。私の脚を癒やしてくれるなんて。……ありがとう、あなたは本当に素晴らしいわ」

最後は涙《なみだ》ぐまれていたレーア様。レイチェルがレーア様に寄り添って、

「ジナイーダ様、レーア様を癒やしてくださり、私からも心からの感謝を申し上げます。奇跡《きせき》としか言いようがありません。本当に、ありがとうございます……！」

レイチェルも涙ぐんでいる。私は微笑み、

「主の御業によるものです。主に感謝を、そして主に御栄えあらんことを」

聖女騎士として、栄光を主に帰《き》した。

「それとレーア様、傷を負った兵士の方々ですが、先に私が治療させていただきました。急がなくても大丈夫です」

「あら……そうだったの？」

「はい、レーア様」答えたのはレイチェルだ。「見事なお手並みでした。短縮詠唱に広範《こうはん》囲《い》治療……十二聖の方が来られたのかと思《おも》い違いをしてしまったほどです」

「なんとまあ……。でも確かに、あのヴィクトリア様のお弟子さんですものね、さもありなんと思ってしまうわ」

さもありなん……何がどう「さもありなん」なのかは分かりませんが。

でも説明が不要という点では楽なので、私は笑《え》みを作って合わせるだけだ。

レーア様からご紹介《しょうかい》をいただきつつ、村の皆さんにご挨拶《あいさつ》をしていく。

村の人口は五十人弱といったところ。若い方は少なく、壮年《そうねん》以上のお年を召《め》した方のほうが多い印象だ。

村長様のお宅に参る。ハイモ様という初老の男性が村の代表を務めておられた。奥様《おくさま》は早くに亡《な》くされたそうで、ご息女のサマンタ様とお二人で暮らしているとのこと。

着任の挨拶をさせていただくと、ハイモ様もサマンタ様も快く受け入れてくださった。

「辺鄙《へんぴ》な村ですが、どうぞごゆるりとお過ごしください。お困りのことがありましたら、ご遠慮《えんりょ》なくお申し付けください、村でできることはなんでも致しますから」

ハイモ様が笑顔でおっしゃってくれる。それもこれも、先任のレーア様のお人柄と村でのご奉仕《ほうし》が素晴らしかったから、そしてレーア様が「彼女なら大丈夫、私より優秀《ゆうしゅう》です」と私を推《お》してくださったからだ。本当にありがたい。

さて――「村でできることはなんでも」とハイモ様がおっしゃってくださったので、私は厚顔《こうがん》ながら、さっそく甘《あま》えさせていただこうと思った。

「ときにハイモ様、私は農業の振興《しんこう》を使命としておりまして、村の皆様《みなさま》のため、農業をさせていただきたく思っております。皆様の日々の農作業のお手伝いをするのももちろんなのですが――それとは別に、村に空き地がございましたら、そちらを少しお借りしたいと考えておりまして」

「はあ、空き地でございますか……」

ハイモ様が、サマンタ様と目を見合わせる。サマンタ様が代わって答えられた。

「実は、村の若《わか》い衆《しゅ》が村を離れてしまって、人手が足りず耕作できずに放置している畑があるのです。もしそちらでよければ、となりますが……」

「え……耕作放棄地《ほうきち》があるのですか？　それは一大事ですね」

畑は毎年、人が手を入れることによって維持《いじ》される。人の手が入らなくなった土地を元に戻すには、通常は大変な労力がかかるため、放棄地をなんとか出さないようにするものだった。それでもなお、放棄してしまうということは……。

この事実を深刻に受け止めた私は、さっそく村の畑を見せてもらった。村長様のお宅を出て、村の南東の方へ向かう。

――息を呑《の》んだ。

村の東から南にかけて、段々畑が広がっていた。

丁寧《ていねい》に作られた石垣《いしがき》、水路、階段。晩夏という季節柄《きせつがら》、春植えの収穫《しゅうかく》は終わっていて、秋植えに備えて畑に肥料を鋤《す》き込んでいるところのよう。濃い茶色の土がよく見える。

遠目からでも分かる――土の状態はとてもいい。土の息遣《いきづか》いが聞こえてきそうなほど。

けれどそれは、村の南側の畑に限ってのこと。

村の東側の畑は、雑草が無造作に生い茂《しげ》っていた。背の高い緑色の草が競《きそ》うように空に向かって伸びている。そこは明らかに人の手が入っていない土地で、その面積は、ざっと、村の耕地全体の半分くらいになっていた。

「……畑が、こんなに……」

耕作放棄された畑を見つめ、私は自然とつぶやいていた。

「ええ、そうなのです。町に出て稼《かせ》いだ方がいいと、村の若い衆はどんどん村を出て行ってしまって……。今は耕作放棄地を増やさないようにするのが精一杯なのです。かろうじて自給自足ができていますが、このまま耕す土地が減ってしまうと……」

サマンタ様が事情をお話しくださっている。きちんと耳を傾《かたむ》けねば失礼だと分かっているのだけれど……溢《あふ》れる気持ちを抑《おさ》えられなかった。

私は我慢《がまん》できず、振り返って、ハイモ様とサマンタ様に、思いの丈《たけ》を思いっきりぶつけてしまった。

「――こんなに耕していいんですかっ⁉」

「……へ？」

サマンタ様がきょとんとしてしまわれたけれど、お構いなしに私は続けた。

「だって、だって、こんなに素敵《すてき》な畑が、手つかずの状態で、あそこにあんなにたくさんあるんですよっ⁉　あそこ全部耕していいんですよねっ⁉」

「え、あ、いや、ぜ、全部？」

「全部ですっ！　というかもっと広げたいっ‼」

「ひ、広げ……？」

「ああ、あんなにあったらたくさん育てられます。小麦に大麦にジャガイモ、アブラナやヒマワリも育ててみたいですね……！　いやいやいや、換金《かんきん》作物ということを考えたらブルーベリーという手もありますね。耕作放棄地ですから肥料欠乏《けつぼう》が激しいでしょうけどそれは私が持ち込んだ高度錬成《れんせい》肥料をぶち込めばいいですし、できればその前に石灰窒素《せっかいちっそ》を仕込《しこ》んで土地を整えた方がいいでしょう。となれば石灰《せっかい》鉱山を見つけねばなりませんね、このあたりにあればいいのですがなければ余所《よそ》から調達しましょう。緑肥はあそこにたんまりあるからいいとして、そうだ、一部は燃やして草木灰《そうもくばい》にして……」

広がる夢を順次、遠慮なく言葉にしていったら、

「ちょいちょいちょいちょいちょい！　ジナ様ジナ様、がっつき過ぎですってば！」

アローナが諌《いさ》めてくれて、私はやっと暴走していたことに気がついた。

「はっ、いけない！　わ、私ったら、つい取り乱して……。失礼致しました」

今のは聖女騎士らしからぬ振る舞いだった。私は深くお詫《わ》びを申し上げた。

「ジナ様、大丈夫ですかぁ？」

「え、ええ。素敵な畑を前にしてしまったら、つい……」

そこにハイモ様の微笑みが。

「ははは……私めにはよく分かりませんでしたが――ジナイーダ様、あちらの畑は人手が足りずあのままになっているだけですので、どうぞご自由にお使いください。ただ、どうかご無理はなさらず。一部だけでも結構でございますので」

全部はダメ、というニュアンスに聞こえてしまって、躍《おど》る心が少ししぼんでしまう。

「一部しか、耕してはいけないのですか……？」

「ああ、いえ、そういうことではなく。あの面積を一人で耕作なさるのは、少々無理がすぎるかと思った次第《しだい》です」

「あっ、そういうことでしたら大丈夫です、お師様の剣術修行《けんじゆつしゆぎよう》の方がもっときついですから。冬空の下、お師様相手に稽古《けいこ》をしていて、『私から一本取るまで晩飯抜《ぬ》き』と言われた時には、膝から崩れ落ちそうになったものです――１００パーセント無理ですから」

「は、はあ……？」

「最後の最後で、わざと一本取らせるところがお師様の良いところであり悪いところですが——まあそんな訳で心配ご無用でございます。全部お借りしても、いいでしょうか？」

ぐいっと顔を近づけてしまうのは、強い気持ちを抑えられないため。

「ま、まあ……はい。村としてはとても助かりますが……」

「であればお任せください！　私・ジナイーダが、村の畑を復興してみせます！」

私は拳《こぶし》をぐっと握って宣言した。

——みなさん、ぽかーんとしてらっしゃいましたけれど。

私は、やりますよっ！

今すぐにでも農作業に取りかかりたいところだけれど——その前に、レーア様から務めを引き継《つ》ぐにあたっての手続きが多く残っていて、まずはそちらから取り掛《か》かった。

最初に、レーア様と事務的な引き継ぎをする。村での聖女騎士としての務め、村の年間行事のスケジュール、手伝った方がいい村の仕事、村の人たちの間柄《あいだがら》や関係性、村に定期的に出入りする行商人のこと、魔物が出やすいスポット、などなど。覚えることは多い。

日が傾いてきたところで、今度は魔物討伐《まものとうばつ》に出かける。明日、レーア様がご安全に村を離れることができるよう、私は遠くまで出て魔物を倒していった。

魔物はどれもザコばかり。でも数が多い。見つけ次第、一匹《ぴき》残らず倒していく。

遠くの山に太陽が沈《しず》む直前に私は村に戻り、アローナが準備してくれたお風呂《ふろ》をいただいた——聖女騎士は身を清める機会が多く、聖堂の居住室に浴室が必ず用意されている。

入浴で疲れた身体を癒やした後は、レーア様、レイチェル、アローナ、私の四人で、聖堂の居住室のダイニングテーブルを囲み、夕食をいただく。聖女騎士と神殿女官は『聖なる務めの同労者』だから、食事の時は同じ食卓《しょくたく》を囲むようにしている。

食卓での話題は、私のこと、特に「若いのにどうしてこの村へ？」が中心になった。

私は、農業振興を使命としていることや、お師様のお考え——魔剣《まけん》の浄化《じょうか》か破壊もしくは神殿への移送、その後の村の営みを守ること——、などなどをお伝えする。

「ああ、素晴らしい」

一通り話を聞かれたレーア様が、おっしゃった。

「ヴィクトリア様もそうだし、あなたもそう。この村のことをとてもよく気にかけてくれている。とてもありがたいことだわ。——お導きくださった主に感謝を」

祈りを捧げるレーア様。食事を摂《と》る手が止まった。

「私は……前からよくなかった脚の状態が、数年前からいよいよ悪くなって、村の仕事のお手伝いができなくなって、魔物討伐もできず、村の結界を維持するのが精一杯で、魔物に関しては領主様のお力を借りないといけなくなってしまってね……。本当に不甲斐《ふがい》ない限りだった。村から若い人たちが出ていったのも、私のせいだと思っているわ」

「それは――」

「一概《いちがい》に否定できないものよ、ジナイーダ。やってくる聖女騎士がおばさんやおばあさんばかりだと、若い人に『この村は余生を過ごす場所なんだな』って思わせてしまう。その瞬間《しゅんかん》、若い人にとってこの村は魅力《みりょく》のない場所になってしまうの。

　村の聖堂を維持するためには、時として若い聖女騎士を遣わして、村を活性化してもらわないといけない――そうは分かっていても、この村の聖堂を守る務めは、最悪の場合、命と引き換えになる。エーファ様をはじめ、歴代の大聖女様がベテランばかりを遣わしてきたのも、無理からぬことでもある。

だから――難しいところね。若いあなたが来てくれたのは嬉《うれ》しいけれど、つらい役目を背負わせることになって、とても心苦しい。代われるのなら代わりたいとさえ思う」

　レーア様のお心遣いが嬉しい。微笑が浮かんだ。

「レーア様、私は今、喜びとやる気に満ちています。確かに魔剣のことは気がかりですけれど、封印《ふういん》は安定しているといいますし、下手に触《さわ》らなければ大丈夫だと思っています。

――安定していますよね？」

「ええ、大魔神が来ても大丈夫よ、安心して」

冗談めかしてレーア様がお答えになり、笑いの花が咲いた。

「それに」と私は続けて、「これまで神殿の庭の一角でしかできなかった農業を、こんなにも広くて豊かな土地でさせていただける……それが嬉しくて嬉しくて、今からドキドキしています。今日ちゃんと眠《ねむ》れるかどうか不安なくらいです」

そこにアローナが一言、

「大丈夫ですよぉ、ジナ様。私、催眠魔法《さいみんまほう》が使えるので～」

「あら、それは好都合。アローナ、いよいよとなったらお願いしますね」

「は～い」

「寝坊《ねぼう》しないようにね」

レーア様のご指摘《してき》が、また笑いを誘《さそ》った。

その時――キィィと、聖堂の扉がきしむ音がした。

今いる居住室から扉は見えない――居住室は聖堂の扉から左に行って奥《おく》まったところにある――けれど、誰《だれ》かが扉を開いたのだと私は思って、

「どうぞー、お入りになってくださーい」

私は扉の方へ呼びかけた。風で開くような軽い扉でもないので。すると、

「ひゃっ！」

子どもの小さな悲鳴が。思った通り、風のいたずらではなかったみたい。

「あら、可愛《かわい》らしいお客様のようですね。――アローナ、私が行きます」

先んじて立とうとしたアローナに右手で「そのまま」とジェスチャーして、私は席を立ち、来訪者を迎《むか》えにいった。

聖堂の扉がほんの少し開いている。それをゆっくり内向きに開けていった。

外はすでに夜になっていた。扉の前、夜闇の中で怯《おび》えた様子で立っていたのは、私と同じくらいの背丈《せたけ》の女の子だった。最初のご挨拶の時に、一度顔合わせはしている。

「ごっ、ごめんなさい！　新しい聖女騎士様をもっと間近で見てみたいって思って……」

長い黒髪《くろかみ》を二つ結びにしたその娘《むすめ》は、慌てて頭を下げてきた。

そんなに慌てなくていいのに、と思いつつ、優《やさ》しい声音《こわね》で声をかけた。

「どうぞ、お入りになって。小さな村とはいえ、夜に一人でいるのは危ないですよ」

「え、で、でも」

遠慮する彼女の肩《かた》に左手を触《ふ》れ、右手で奥を指し示す。

「どうぞ、どうぞ」

「あ、ありがとうございます……」

ぺこぺこ頭を下げつつも、彼女は中に入ってくれた。

居住室のダイニングにお通ししたら、アローナがぱあっと顔を明るくさせた。

「わぁ、本当に可愛らしいお客様ですね～。あ、お茶を淹《い》れましょうね～」

「え、で、でも……」

「いいんですよ。さ、こちらどうぞ」

私の椅子《いす》を譲《ゆず》って着席を促《うなが》す。予備の椅子があるので、私はそちらを。

「お名前を伺《うかが》っても？」

「あ、はい。私、ソラナといいます……」

「ソラナさん。私はジナイーダと申します。どうぞ気軽にジナとお呼びくださいね」

「そ、そんな恐れ多い呼び方はできません……！　様をつけさせてください！」

ソラナさん、ずっと身をすくめたままだった。小動物みたいな様子がまた可愛らしい。

とても素敵な来客だった。

ソラナさんは私より二つ年下の１４歳。ご両親と、妹さんと弟さんが一人ずついらっしゃるそう。お姉ちゃんですね。

ソラナさんのご一家は精霊使いの家系だそうで、先の魔物《まもの》の襲撃《しゅうげき》でウンディーネを操《あやつ》っていたのはソラナさんのお母様だったとか。

そしてソラナさんも今、精霊魔法《せいれいまほう》を勉強中だということで、

「まだ見習いですけど……一応、精霊様とお話ができるようにはなりました」

「素晴らしい。そうしたら、将来は王都の魔導《まどう》学園の入学を希望されているとか？」

「いえいえいえ！　私、そんなに優秀じゃありませんから！」

慌てて否定するソラナさんがとにかく可愛い。

ところで——村に精霊使いがいる理由は、レーア様が教えてくださった。

「この村には、高台の泉にウンディーネが、畑にはノームが宿っているの。村ではこの二つの精霊の力を借りて農業をやっていて、彼女のご一家が、精霊とコンタクトする役目を代々受《う》け継いできたの。そして今日のように魔物の襲撃があれば、精霊《せいれい》たちの力を借りて村を守護する役目も担《にな》っているのよ」

「そうだったのですね。それは凄い……！」

彼女が精霊魔法を使えるのなら——予定が変更《へんこう》になる。もちろん、いい方向に！

「そうと分かれば、ソラナさん！」

「は、はいっ！」

「あなたのお力、是非《ぜひ》お借りしたいです！　明日以降いつでも大丈夫ですので、ウンディーネさんとノームさんとお話をさせてくださいませんか⁉　顔なじみの方からの紹介がある方が、精霊さんたちもびっくりしないでしょうし！」

「え、あ、で、でも私、まだ見習いで……」

そこにアローナがやってきて、後ろから私の肩を掴んで、私をソラナさんから遠ざけようとする。

「ジナ様ジナ様、またがっつきすぎてますよ～」

「はっ！　あらあら、これはいけない。失礼しました、農業のことになると我を忘れがちになるものでして……」

「あ、はあ……」

そうしていると、レーア様が微笑み、仰《おっしゃ》ってくださった。

「ソラナ、見習いだからと恐れることはないわ。仮に失敗しても、ジナイーダはそれを責めるような人じゃないから。――そうよね？」

「もちろんです！　トライアンドエラーは大切ですから！」

ソラナさんが少し安心した様子になる。レーア様が柔《やわ》らかく微笑まれた。

「ソラナ、ジナイーダに力を貸してもらえないかしら？」

「あ……はい。レーア様がおっしゃるなら……お父さんとお母さんに相談してみます。私もジナ様のお役に立てるのなら、そうしたいので」

ああっ、人徳ッ！　レーア様はやはり素敵な方！

「レーア様、ソラナさん、ありがとうございます！　ソラナさん、もしよかったら私の方からもご両親の説得を――」

「はいはいはいジナ様ジナ様、ステイバーック、ステイバーック」

「あああ、いけないいけない……ごめんなさい。自重、自重」

またもアローナに遠ざけられてしまった。なんだか喜劇をしている気分。

でもソラナさんも緊張《きんちょう》が解けて、くすくす笑ってくれていた。

レーア様も、レイチェルも、暖かく微笑んでくださっている。

ああ、皆様の温かさが心に染《し》みます……！

「ジナ様って、なんだか不思議ですね」

おかしそうに微笑みつつ、ソラナさんがそう言ってくれた。

「不思議？」

「はい。村に来られた時は、すごくよくできた人って雰囲気があって、村のおばさまたちも『きっと優秀な人に違いない』って噂《うわさ》されてたから……」

「あら、もうそんな噂が」

でも優秀……優秀？　なんとも奇妙《きみょう》なご評価に、眉《まゆ》をひそめざるを得ない。

「けれど、優秀というのは違いますね。神殿《しんでん》での私の評価は、どちらかというと『またジナイーダか！』と呆《あき》れられる感じでしたから……」

「え……ジナ様、神殿で何をなさってきたのですか？」

「そうですね、ジャガイモを育てようと思って倉庫で養生していたら、思った以上に芽がたくさん出てきて、それを見た同期のジェリカが大騒《おおさわ》ぎをしたことがありまして。こう、ジャガイモから紫色《むらさきいろ》の葉と茎《くき》が無数にニョキニョキと生えてくる感じで」

「ひいい……」

ソラナさんが小さな悲鳴を上げた。レーア様も少し呆れたご様子に。

「ジナイーダ……そんなことしてたの、あなた？」

「ええ、《祝福の祈《いの》り》で成長を促進《そくしん》したのがいけなかったみたいで。他にも土いじりをしていた時にミミズさんが出てきて、それをジェリカに見せたら、彼女《かのじょ》ったら金切り声を上げて失神してしまって」

「またジナイーダか、と。……なるほど、だいたい分かりました」

レーア様が静かに首を横に振《ふ》っておられた。まあ、年配の方々はそういう反応ですね。

「――という感じで、私の評価はだいたいこのようなものです」

「そ、そうなんですね……」

ソラナさん、両手で口元を隠《かく》すような仕草をして、

「でも、その違いがまたいいっていうか、意外な一面があるのが素敵だなって思います」

ソラナさん、目をキラキラさせて私を見つめてくださっている。

「そ、そうですか？　……ありがとうございます」

呆れられることは多くても、褒《ほ》められることはあまりなくて、少し戸惑《とまど》ってしまった。

その折――聖堂の扉がノックされて、今度はレイチェルが応対をした。戻ってきたレイチェルがソラナさんに一言、

「ソラナさん、お父様がお迎えに来られました」

「あ……」

どうやらご両親に黙《だま》ってここに来てしまったみたいで……。

「――ソラナ、夜に何も言わずに一人で家を出ちゃダメだろう？　結界があるとはいえ、夜は危ないんだから」

聖堂の扉のところで、ソラナさんはお父様から注意を受けてしまった。でもお父様は物《もの》腰柔《ごしやわ》らかく、ソラナさんに注意する時も穏《おだ》やかに諭《さと》すようにしていた。

「ごめんなさぁい、お父さん。でも、どうしても間近でジナ様を見たくて……」

ソラナさんは申し訳なさそうにしている。でも叱責《しっせき》に怯えた感じはなく、それだけで二人のご関係が良好だというのが分かった。

――ここでお開きとなるのは残念。素敵なひと時だったから『次』を望みたい。

そう思って、声をかけた。

「ソラナさん、是非またお話を聞かせてください」

「は、はいっ。私でよければ！　今日はありがとうございましたっ！」

ソラナさんは快く応じてくれた。

親子二人で連れ立って帰るのを見送り、居住室に戻った。

夜が更《ふ》けたところで、日課である『一日の感謝の祈り』を聖堂で捧《ささ》げて、床《とこ》につく。聖堂の居住室には二人分の寝室《しんしつ》しかなく、私とアローナが荷馬車で寝《ね》ようとしたものの、レイチェルが「私が馬車で寝ます」と買って出てくれたため、私は寝室を使わせてもらった。

神殿から持ってきた寝具《しんぐ》に身を横たえる。見慣れない天井《てんじょう》、知らない空気、明日から始まる新しい日常――それが新鮮《しんせん》に感じられて、なんだかわくわくしてしまう。

少し寝つきが悪かったけれど、やがてやってきた眠気《ねむけ》に身を委ね、私は眠った。

◆

——俺《おれ》はガーゴイル。中級魔族《まぞく》だ。

人間どもには有翼《ゆうよく》の悪魔《あくま》などと呼ばれ、恐れられている。

俺は今、上級魔族に列せられる高貴なお方から命令を受け、人間どもの聖堂を破壊《はかい》しようとしている。

簡単にはいかない仕事だ。聖堂を守るのは聖女騎士《きし》、我ら魔族の天敵である。

聖女騎士は強い。中級の俺ですら脅威《きょうい》を感じる。特に【十二聖】は無類の強さを発揮するもので、上級魔族の方々ですら、十二聖を恐れておられるほどだ。

故に、聖堂を正攻法《せいこうほう》で落とすのは無理——それが魔族の共通認識《にんしき》となっている。

そこで俺は、下級魔族の連中や魔物たちを使って町や村を小規模に攻撃《こうげき》しつつ、人間どもがどう出るか、その動きを偵察《ていさつ》している。戦うだけでなく、町や村に出入りしている人間を道中で捕《と》らえ、魔術《まじゅつ》をかけて支配下に置き、町や村で見聞きしたことを定期的に我々に伝えるようにもしている——諜報《ちょうほう》というやつだ。

果たして諜報の効果は大きく、タッケンという町のことがよく分かってきた。

タッケンは町の真ん中に聖堂があり、町を取り囲むように城壁《じょうへき》が築かれている。聖堂の結界と、城壁の六つの尖塔《せんとう》に設置された結界石とが、我々魔物や魔族の侵入《しんにゅう》を強固に防いでいる。二重の結界とは恐れ入る。

しかし――そうであるならば。魔術で強化した人間を送り込《おくこ》み、暴れさせれば、結界石を破壊できるかもしれない。

魔術で支配下に置いた人間を結界内に送り込めることは実証済みだ。あとは結界石の正確な場所や警備体制を調べなければならないのだが――じっくりと調べる時間はなさそうだ。お仕えする上級魔族の方から「成果を見せよ」とご下命があったからだ。

俺が下級の連中を使い捨てにしているように、上級の方々は我々中級魔族を使い捨てになさる。しかしこれは魔族の宿命、致《いた》し方《かた》のないことだ。

それに――成果を見せれば、俺も闇の祝福を賜《たまわ》ることとなる。上級にまた一歩近づくことができる。

危険は伴《ともな》うが、成功した時のリターンは大きい。俺はこの作戦でいこうと決める。

俺は、タッケン周辺の町や村を出入りする人間どもをより多く捕らえ、魔術を施《ほどこ》して、虜《とりこ》にする作業を続けていった。

同時に――タッケンの隣《となり》にある小さな村を攻撃するよう、下級に命じておく。

これは陽動だ。俺の本命はあくまでタッケン。あの町の聖堂を潰《つぶ》せば、封《ふう》じられている迷宮《めいきゅう》が使用可能になる。小さな村など、その後で潰せばいい。

だから今は、目眩《めくら》ましとして小さな村を狙《ねら》っているように見せかける。下級の連中にはせいぜい頑張《がんば》ってもらうとしよう。

それにしても——迷宮がある訳でもないのに、何故《なぜ》あんな山奥《やまおく》の小さな村に聖堂があるのだろうか?

人間どものやることは、時々よく分からん。

第二章

——朝、日が昇《のぼ》る前に目を覚ますのが習慣になっている。

アローナとレイチェルは既《すで》に起きていて、聖堂にお香《こう》を焚《た》いていた。神殿女官の朝はとても早い。

レーア様も程なく起きてこられ、四人で聖堂に集まり、日課である『一日の始まりの祈り』を主に捧げる。

日課を終えて、私は聖堂の外に出た。新鮮な山の空気を吸う。澄《す》んだ空気が心地《ここち》いい。

村の女性たちが、水瓶《みずがめ》や桶《おけ》に水を入れて運んでいた。

「あらジナイーダ様、おはようございます」

「おはようございます！」

爽《さわ》やかな挨拶に、元気な挨拶でお返しした。

——朝食後、聖堂にて、務めの引き継ぎの儀《ぎ》を執《と》り行った。聖なる主の御前《みまえ》にて、務めを引き継いだことを宣誓《せんせい》する大事な儀式《ぎしき》である。

立会人として、村長のハイモ様と、騎士のバロック様にもご列席願った。

聖女騎士の装備を整えた私とレーア様は、祭壇《さいだん》の前で向かい合い、右手を見せ合った。

「私、レーアは、後任者に務めを引き継いだことを、ここに宣誓します」

「後任者・ジナイーダは、先任者より務めを引き継いだことを、ここに宣誓します」

「先任者・レーアに、聖なる主の慈《いつく》しみと御守《みまも》りとが、豊かにありますように」

「後任者・ジナイーダに、聖なる主の労《いたわ》りと癒《いや》しとが、豊かにありますように」


「――グロリア・イン・エクシェルシス・デオ」


これにて引き継ぎが完了《かんりょう》、今日からラーベル村の守護は私がすることになる。

「ジナイーダ、後のことをお願いしますね」

「はい、レーア様！」

儀式の後、レーア様がご自身の馬車に乗られ、手を振って村の方々に別れを伝える。バロック様と兵士の皆《みな》さんが、馬車をしっかりと護衛する。

レーア様は村人に惜《お》しまれつつ、村を後にした。

「いよいよですね、ジナ様」

アローナに私は微笑《ほほえ》み返す。

「ええ、今日から頑張っていきましょうっ！」

私は力強く決意を言葉にした。


——と、いうことで。

レーア様から務めを正式に引き継いだ私・ジナイーダは、昨日さっそく仲良しになったソラナさんのお宅を訪《おとず》れた。

昨日のお話はご両親様もご了承《りょうしょう》くださり、ソラナさんはさっそくお手伝いしていただけることになった。ありがとうございます。

「ではソラナさんっ！」

「はっはいっ！」

背筋をピンと張ってソラナさんが応えてくれる。長い黒髪の二つ結びという髪型《かみがた》は昨夜と同じで、今日は白い肌着《はだぎ》の上に、ベージュと緑のツートーンのワンピース、腰回《こしまわ》りにはエプロンもつけている。村の可愛らしいお嬢《じょう》さんといった容姿ですね。

そのソラナさんに向けて、私は元気よく言った。

「さっそく畑に行きましょうか！　ノームさんにご挨拶をするために！」

「はい！　よ、よろしくお願いします、ジナ様っ！」

二人肩を並べて、村の南側の畑——村の集落からほど近く、今も耕作がされている畑に向かった。

ラーベル村の畑はすべて段々畑だ。村の平地部分が狭《せま》いための工夫《くふう》だろうと思う。その狭い平地には、家畜《かちく》を養う小さな放牧地と畜舎《ちくしゃ》、各《かく》ご家庭のお宅が並ぶのみである。

畑の階段を下りていく。階段は石でしっかり組まれていて、グラグラする部分は一つもない。人二人が余裕《よゆう》をもってすれ違《ちが》える幅《はば》もあって、通りやすい。

階段の傾斜《けいしゃ》がややきついことが難点か。お年を召した方には辛《つら》そうだと想像できる。

けれど——とても素晴らしい畑だ。数年、いや十年以上かけて整備したのだろう。村を拓《ひら》いた方々への尊敬と、その技術の素晴らしさに感動を覚える。

段々畑の中ほどに降りてくる。秋植えの前なので、まだ作物は何もない状態。

ソラナさんが細い水路を渡《わた》って農地に一歩踏《ふ》み入れた。濃《こ》い茶色の土の上に両膝《りょうひざ》をついて、両手を組んで精霊術を使う。

魔法《まほう》力の流れはできているのだけど……魔法が発動しない。

「うう、き、緊張して、うまくできません……！」

「あらあら。ではソラナさん、少しじっとしていてくださいね」

「え？」

私はその場で目を閉じ、両手を組み、祈りを短く捧げた。

「主よ、御民《みたみ》に力を授《さず》け、その手の業《わざ》を祝し給《たま》え――」

基礎《きそ》聖術・《祝福の祈り》を使った。ソラナさんの全身の表面が、少しの間、金色に淡《あわ》く輝《かがや》いた。

「こ、これ……なんですか？」

「祝福です。今、ソラナさんの魔法の力は普段《ふだん》よりも強くなっています。これでできるはずですよ」

「ふええっ！　そ、そんなありがたいものをいただくなんて……」

「いいのですよ。さあ、続けてみてください」

私は笑顔《えがお》で促した。

戸惑いつつも、ソラナさんはもう一度精霊術を使う。両手を組んで、

「大地に宿る精霊・ノーム様。私の前に姿を現し、お話をさせてください――」

言葉と共に魔法式を組み立てていく。今度はスムーズにいった。

黄色の光がソラナさんの前に集まっていく。それは小人の姿に形作られ、やがて詳細《しょうさい》が明らかになった。

薄紫色《うすむらさきいろ》の三角帽子《さんかくぼうし》と服を着た小人――こちらが大地の精・ノームさん。

精霊と会話する《精霊対話》の魔法を成功させたソラナさんが、私の方を振り返って、顔をほころばせた。

「ジナ様、できました！」

「お見事です！」

惜しみない拍手《はくしゅ》を送った。そして私は、階段のところでしゃがんで、ノームさんと視線の高さをなるべく合わせた。

「大地に宿る精霊・ノームの方とお見受けします。私は聖女騎士のジナイーダ、このたびこの地に駐在《ちゅうざい》することになりました。よろしくお願い致します」

名乗ると、ノームさんがニッコリ笑った。

「初めまして、聖女騎士さん。オイラがノームだよ。よろしくね！」

人懐《ひとなつ》っこい感じのするノームさんだった。

そのノームさんから土地のことを伺った。この村を拓いた聖女と契約《けいやく》を結んで土地に宿り、収穫を増やすお手伝いをしてくれていること。報酬《ほうしゅう》は『初物《はつもの》の贈呈《ぞうてい》』であること。村ではライ麦を育てることが多く、昔は小麦も育てていたけれど土地との相性《あいしょう》が悪くて、ここ数十年育てていないこと。などなど。

「ライ麦ですか……小麦が育ちにくいとなると、少し土地が赤色なのですね」

私はつぶやく。

これは錬金術《れんきんじゅつ》の知識になるけれど――錬金術で見た時、物質には青、白、赤の三属性があって、白が真ん中、青と赤が両端《りょうたん》となっている。青と赤は相反していて、青と赤を同量混ぜ合わせると白になり、青が多ければ青属性、赤が多ければ赤属性、というふうになる。

植物は多くの場合、真ん中の白属性を好む――小麦はその代表格だ。ライ麦は少し赤色になっていてもよく育ち、気候が寒冷で土地が痩《や》せていても育成可能だから、ラーベル村のような山あいの村に適しているといえる。

魔導学園で学んだこれらの知識を基に、私はつぶやいたのだけど――

「え、聖女騎士さん、なんで土地属性のこと知ってるの?」

それを聞いたノームさんが、少し驚《おどろ》いたふうになっていた。ソラナさんはよく分からなくてきょとんとしている。

私はにっこり笑顔で答えた。

「私、実は王都の魔導学園の錬金《れんきん》科に留学していたことがありまして、そこで農業向けの錬金術を学んでいたのです。土地の属性のことも、そちらで学びました」

そうしたら、今度はお二人とも吃驚仰天《びっくりぎょうてん》といった感じに。

「れ、錬金術まで勉強してるの……？」

ノームさんが驚き混じりにつぶやき、

「れんきんじゅつって、たしか、スーパーエリート……」

ソラナさんに至っては震《ふる》えていた。

「いえいえ、エリートなんてことはありません。私より優《すぐ》れた錬金術師《れんきんじゅつし》はたくさんおられます。ですから、そんなに驚かれなくて大丈夫《だいじょうぶ》ですよ」

落ち着くように伝えても、お二人はびっくりされたままだった。

でもお二人の反応はなんだか新鮮だった。神殿では『聖女騎士《きし》候補生が錬金術など学んで、何がしたいのやら』と、眉をひそめられることが多かったので。

聖女騎士の務めは、魔物討伐と、迷宮及《めいきゅうおよ》び呪物《じゅぶつ》の封印。これが基本。聖術と錬金術を使って農業をしたいという私に、神殿の人たちが不快感に近い反応を示すのは、それはそれで普通《ふつう》なのである。私が変なだけ。

「それでノームさん、私は農業振興《しんこう》をするためにこの村に参りまして。私もあちらの耕作放棄地《ほうきち》をお借りして作物を育てさせていただきたいのですが……ノームさんのお力をお借りすることはできますか？」

私は村の東の方、集落から少し遠く、雑草が生え放題の段々畑を指してお願いした。

「あ、うん。それは嬉しいんだけど……」

「あら、何か問題がありましたか？」

「あの土地、しばらく使ってないから、元に戻《もど》すの大変だよ？」

ノームさんの懸念《けねん》を払拭《ふっしょく》すべく、私は力を込めて答えさせていただいた。

「そこは心・配・ご・無・用！　でございます。こんなこともあろうかと神殿から浄化草と高度錬成肥料を持ち込んでおります。あとは石灰さえあれば、一ヶ月程度で畑を復活できますよ！」

「あ……そ、そうなんだね。でも、じょうかそうって何かな？　それと石灰なんて、何に使うんだい？」

「あら、ご存《ぞん》じありませんでしたか。特に石灰は農業にとっては便利グッズですのに」

これは意外。どの畑でも石灰は使っているものと思っていたので。

「そうですね――事前にご理解いただいた方がいいでしょうから、この場をお借りして、簡単にご説明申し上げましょう」

私は難しくならないよう心がけながら、説明をさせていただいた。

「まず浄化草ですが、これは錬金術で錬成した特殊《とくしゅ》な植物となります。苗《なえ》で植《う》え込み、周囲の植物の栄養を根こそぎ奪《うば》いながら成長し、周囲の植物が枯《か》れるほどに育ったら、そのまま枯れてしまいます。その性質を利用して、雑草駆除《くじょ》に使います」

「え……それ大丈夫なの？」

青ざめるノームさんを安心させるため、私は笑顔を絶やさない。

「大丈夫ですよ、一定範囲《はんい》を超《こ》えて収奪《しゅうだつ》することはありませんから。植物自体も雌雄《しゆう》異体で、植えるのは雄株《おかぶ》だけですから、実をつけることはありません。浄化草は一週間ほどで成長のピークに達し、二週間くらいで枯れます。枯れた後の根には大量の栄養が蓄《たくわ》えられていて、その栄養を利用して農作物を植えることができるのです」

「でも、その根っこから浄化草が復活することって……」

「ごく稀《まれ》にあると聞きます」正直に私は答えた。「そこで石灰《せっかい》の出番なのです。石灰は青属性で、浄化草は土地が青属性になるとすぐに枯れるという特性があります。予定では石《せっ》灰窒素《かいちっそ》という農薬を使うつもりですが、これがまた便利なものでしてね。強力な青属性ですから浄化草を確実に枯らし、土地の悪い病原菌《びょうげんきん》を退治して、なおかつ肥料にもなります」

「そ、そうなんだ……。でもオイラ、なんだか不安だよ……」

「なるほど。それでしたら一区画だけ先に試《ため》しましょう。それで安全が確認《かくにん》されれば、ということで。いかがでしょうか？」

「そ、そうだね。それでうまくいくなら……」

「承知しました。ではそれでいきましょう」

「お願いだから、オイラの畑を荒《あ》らさないでね……」

「ご安心ください。神殿で実験済みですし、不測の事態に備えて諸々《もろもろ》準備もしてありますので！　それと、浄化草を植えるのは石灰が見つかってからにしましょう。見切り発進はしませんので、その点もご安心ください」

「う、うん……それなら、オイラも信じてみるよ」

ひとまず、ご理解いただけたようだ。

お別れのご挨拶《あいさつ》をして立ち上がろうとした時、ノームさんからお願い事をされた。

「聖女騎士さん、よかったら、ウンディーネちゃんにも会ってくれないかな？」

「ええ、今からお伺いしようと思っていたところですが——何かありましたか？」

「最近、ちょっと調子が悪いみたいなんだ。様子を見てきてくれないかな？」

「——なんと」

それは驚きの情報だった。

「ウンディーネさんは確か、高台の泉に宿っておられましたよね？」

「うん」ノームさんがうなずく。「村の井戸にきれいな水を流していて、その水で畑の作物も育ててるんだけど——」

それで調子が悪いとなると、農業ができなくなるおそれが。

それは非常にまずい！

「それはいけません！　ソラナさん、すぐに高台の泉に参りますよっ!!」

「えっ、あ、えっ？」

「ノームさん、またお話ししましょう！　今日はこれで失礼しますっ!!」

急ぎたかったので、私は《加護の祈り》を自身にかけ、ソラナさんを抱《だ》っこして、階段を駆《か》け上がった。

「ふえええええ！　じ、ジナ様!?」

「居ても立ってもいられないので失礼します！　高台の泉は確か村の北東側にありましたよね!?　そこまで突《つ》っ走ります！」

「あの、場所はそうなんですけど……ひえええぇぇぇ!!」

文字通り、私は突っ走った。村の北東側――村の外れに位置する泉までの登り坂を、ズバババババッという勢いで駆け上がった。

高台の泉に到着《とうちゃく》した。ソラナさんをそっと下ろす。

「じ、ジナ様、激しすぎますぅ……」

ソラナさんは地面にへたり込んでしまった。目が回ったみたいで、くらくらしている。

「ごめんなさいねソラナさん、どうしても急ぎたくて。落ち着くまでゆっくりなさってください」

謝罪をして、ソラナさんが落ち着くまでの間、周辺を見てみた。

高台の中心に泉がある。直径は7メートルくらいと目算する。透明度《とうめいど》は非常に高く、泉の底の白い岩場が見えるほど。水は透明《とうめい》な青色をしていて、とても美しい。

泉の真ん中の岩盤《がんばん》が盛り上がって小さな島になっていて、お皿のように平らになっている。誰かがそこに座《すわ》れそうだった。

——その島が誰のものかは、すぐに想像がついた。

その綺麗《きれい》な泉の周囲は鎖《くさり》で囲われ、木製の看板が一つ立ち、「源泉に手を触れるな・ウンディーネ様のお怒《いか》りが下る」と記されてあった。

鉄鎖《てつさ》の外側は、よく踏みしめられた歩道のようになっていて、草は生えていない。その歩道の端《はし》に沿って木の柵《さく》が立てられ、村の結界の境界を示している。

泉から南西方向に急斜面《きゅうしゃめん》があって、均一な勾配《こうばい》がかかっていた。勾配の上は崖《がけ》になっていて、崖の端に結界の境界となる木の柵が設置されていた——その柵を辿《たど》っていくと、村の門に繋《つな》がっているようだ——。

この南西方向の均一な斜面《しゃめん》が、人工的に作ったような地形に見えた。とすれば、この斜面を下った先にあるあの井戸はやっぱり……そういうことか。

「はひぃ……やっと落ち着いてきましたぁ……」

ソラナさん、やっと一息つけたみたい。

「もしお疲《つか》れのようでしたら、私の聖術で精霊対話をしますが――どうしましょう？　私が疲れさせたようなものですし、あまりご無理をさせたくなくて」

「いえ、大丈夫です！　もう一回くらいならできそうな気がします！」

「なるほど。では、お願いします」

――両手をぎゅっと握《にぎ》って気合い充分《じゅうぶん》のソラナさんに、お任せした。

先ほどと同じように、その場に両膝を突いて、両手を組むソラナさん。

「泉に宿る精霊・ウンディーネ様。私の前に姿を現し、お話をさせてください――」

言葉と共に魔法式を組み立てていく。今度もスムーズにいった。

泉の中央の島に水色の光が集まっていく。光はやがて、薄《うす》水色のワンピースを着た大人の女性となった。

「あ、こんちわソラナちゃん。こないだの練習の時以来だね」

――私が挨拶する前に、ソラナさんに会釈《えしゃく》するウンディーネさん。

「ウンディーネ様、お久しぶりです」

ソラナさん、小さくペコリとお辞儀《じぎ》してご挨拶。

「で、そっちは？　新しい聖女騎士ちゃん？」

視線を送られたので、私はご挨拶申し上げた。

「はい。ウンディーネさん、はじめまして。私は新しくこの村に駐在することになりました、聖女騎士のジナイーダと申します」

「おー、新人ちゃんは若いんだねー。ジナちゃんって呼んでいい？」

「ええ、もちろんです」

「よろしくねー」

ウンディーネさんが朗《ほが》らかに笑って、ひらひらと手を振った。

ノームさんの時と同じように、ウンディーネさんのことで話を伺った。ウンディーネさんも、村ができた時に聖女と契約をして泉に宿り、森から地下水を集めて浄化《じょうか》して、村に良質な水を供給しているそうだ。

――お二人とも聖女とおっしゃっているから、かなり昔の話のようだ。少なくとも聖女騎士が誕生する以前、百年以上前のことと推察する。

ちなみに、ウンディーネさんへの報酬は『お酒の贈呈』。村では大麦も育てていて、その大麦と余ったライ麦を使って、シュナップスとかいうお酒を作っているみたいだ――聖女騎士は飲酒厳禁なため、私にはなんのことかさっぱりだけれど。

ともかく私からは、耕作放棄地で作物を育てたいので、お水を使わせてもらうことをお願いした。王都の魔導学園で錬金術を学んで云々《うんぬん》という話も、軽く触《ふ》れておいた。

ウンディーネさんの反応は、というと――

「おー、あの畑復活させるんだ！　じゃあお酒……は、聖女騎士には無理だよね？」

「ごめんなさい、私自身が作るのはちょっと……」

アルコールの臭《にお》いに触れることすら憚《はばか》られるので……。

「そっかぁ。でもジナちゃんが作らなくても、他の人にお願いして、あの畑で採れた作物でお酒作ってくれないかな？　でないとやる気起きなくってさぁー。最近は私にくれるお酒の質も落ちてきてる感じだし、なんとかして欲《ほ》しいなーって思う」

精霊は契約を重んじる種族である。約束された報酬が少ないと、約束していた仕事の質や量を減らしてしまう。

調子が悪いというのはそのことかと予想し、尋《たず》ねてみた。

「ノームさんが、ウンディーネさんの調子がよくないとおっしゃっていましたが、それはお酒の件で、ということでしょうか」

「まーそうだね、お酒の質については『欲を言えば』ってとこだね。村の人が作ってくれるお酒は『可もなく不可もなく』って感じでね、これだけきれいなお水を上げてるんだから、もうちょっとよくならないかなーってとこ」

要改善、といったところか。

「それより困ってるのは、最近魔物《まもの》が増えて、この泉に流れてくる水に悪いものが混ざってるってことなんだよね。アイツら節操なくクソしやがるからさー」

魔物にも生理現象はあるという話だけど——ああ、なんともお下品な話に……。

「だから、魔物をしっかり退治して欲しいんだよね。これはジナちゃんにしっかりやって欲しい。わがまま言ってばかりに聞こえるかもしれないけど、これって契約なんだから、やっぱりちゃんとして欲しいなーって」

「なるほど。それは確かにその通りですね。ウンディーネさんばかりにご負担をかけるというようなことは、あってはいけませんから」

——考えを巡《めぐ》らせ、平たくまとめて、対策をお伝えした。

「では、魔物退治はしっかりさせていただきます。少しお時間をいただくことになるかとは思いますが、村周辺に魔物がいないようにはしたいと思います」

「うん、頼《たの》むよ」

「それとお酒の件ですが――ひとまずは私の方でも大麦を育てて、そのシュナップスというのを作っていただくよう手配致しましょう。村のお酒でご満足いただけないなら、隣町《となりまち》のお酒職人の方のご協力を仰《あお》げないか、依頼《いらい》してみることにします」

「おっ、いいねー。そこは無理にとは言わないけど、できるならよろしくねー」

「あとは――そうですね、錬金術の先生から『安全な水分を確保するため』として、お酒のレシピを頂いています。もちろん私以外の方々の水分を、ということですが。そのお酒を作る目処《めど》が立ちましたら、挑戦《ちょうせん》してみたいなとは思います」

「え、マジ⁉　新作あるの⁉」

ウンディーネさんの目の色が変わった。私は微苦笑《びくしょう》をして、

「今の段階では『レシピだけがある』状態ですね。醸造《じょうぞう》設備？　とかいうのが必要なようで、かなり大掛《おおが》かりになります。しかも、そのお酒に必要な作物が今ちょうど収穫期《しゅうかくき》で、植えるとなると最速で来年の春になります。蔓《つる》性の植物ですから色々と準備が大変で……」

「あーそっかー、色々あるんだねー。いやでも、未来に希望が持てるなぁそれ！　いつになってもいいから、そのお酒、チャレンジしてみてくれないかな？」

「承知しました。いつになるか確約はできませんが、そのお酒をご提供できるよう努力致

しましょう」

「おっけー。じゃあ、お水は今まで通りちゃんと供給するから。魔物退治とお酒づくり、よろしくねー」

「かしこまりました。どうかよろしくお願い致します」

「ほーい」

ウンディーネさんとの対話はここで終わり。ウンディーネさんが手を振り、その身体が光の粒《つぶ》となって消えていった。

秋植えの作物の品目が一つ定まった。春植えで作りたい作物もできた。作る側としても楽しみだ。

「ソラナさん、ありがとうございました。それでは――」

「あ、あのっ！」

私が言おうとしたのを制したソラナさん、

「帰りは、ゆっくり歩いて帰りませんか？　その、ジナ様とお散歩しながらお話ができたらいいなぁって思いますし……」

そんな嬉《うれ》しいことをおっしゃってくださるなんて。

「いいですね、是非《ぜひ》そうしましょう！」

泉から集落に戻る坂道を、ソラナさんの足に合わせてゆっくり下りていく。その間にソラナさんとお話をした。

「ジナ様は、村での生活は楽しくできそうですか？」

「それはもう！　楽しくなりそうなことがたくさんで、心が躍《おど》っています！」

元気ハツラツに答えると、ソラナさんはびっくりしながらも笑っていた。

「それはよかったです。その……お母さんが言ってたんです。この村には何もないから、若い聖女騎士様が続けていけるか心配だ、って。それで、私もちょっと不安に……」

「何もないだなんて、とんでもありません。――ほら、あちらを御覧《ごらん》ください」

下り坂を降りていくと、村の段々畑が見えてきた。

「ソラナさん、この村の畑は、他では見られない、とても素晴《すば》らしいものなのですよ」

「そう、なんですか？」

「ええ。石造りの階段もそうですし、石垣《いしがき》もそうです。作られてから相当の期間が経《た》っているはずなのに、ほころび一つありません。手間ひまかけて石を丁寧《ていねい》に組み上げていることを雄弁《ゆうべん》に物語っています。給排水《きゅうはいすい》の設計も完璧《かんぺき》でした。誰《だれ》がどうやったのか、私にも分からないくらいです」

そう――分かる人から見たら、この村の畑の設備《せつび》は王国でも屈指《くっし》のレベルで高度に整っ

ているのである。更《さら》に、

「村の井戸にしてもそうですよ？　あれは円筒《えんとう》分水といって、高度な灌漑《かんがい》設備になります。ほら、自噴《じふん》する井戸の周りに円形の水路があって、そこが水汲《みずく》み場になっていて、そこから各畑に水路が延《の》びていっているでしょう？　あれ、井戸の水量が変わっても、各畑に均等に水を分配できるように設計されているのですよ」

「そ、そんなすごいものだったんですか……？」

「そうですよ。私も資料でしか見たことがありません。実際に作ろうとしたら、王都の高名な設計技師の方にきちんと図面を引いてもらって、何年もかけて図面通りに作っていかないといけないものです。しかも井戸を自噴させるために、おそらく逆サイフォンの原理を使っているかと思います。高台の源泉から南西方面に下っている斜面、あの下に地下水路があるのでしょうね」

「そうなんですね……」

「だから、何もないなんてとんでもありません。むしろ農業にこれほど適した土地はないくらいです。そこに農業錬金術を組み合わせれば——変わるかもしれませんよ」

「変わるって、何がですか？」

私は確信を持ってこう言った。

「――この村がオステンデル辺境伯領《はくりょう》随一《ずいいち》の穀倉地帯になる、ということです。私は、この村がそれくらい素晴らしい場所になるように努力したいと、そう思っています」

そう、この村は発展できる。それだけの素地があるのだから。

「ジナ様、それは、この村にずっといてくださるってことですか？」

「もちろん！　お師様からもその旨《むね》、承《うけたまわ》っておりますから！」

私は握りこぶしでもって、力いっぱいお答えした。

「そういうことなので、ソラナさん！」

「はいっ」

「私はこの村を、農業で発展させたいと思っています！　その第一歩を、今日からさっそく始めたいと思います！」

「はいっ！　ジナ様、応援《おうえん》しています！　私もお手伝いしますから！」

ソラナさんから笑顔いっぱいの応援をもらえて、とても嬉しかった。

〇

精霊《せいれい》さんたちとの話を終えて、私は今後の予定を紙に書き出した。

懸案《けんあん》は三つあった。石灰の在り処《か》、お酒職人の確保、それと例のお酒の準備。

——三つのうち二つがお酒絡《がら》みというのは、聖女騎士《きし》として「うーん」と唸《うな》ってしまいたくもなる。けれどウンディーネさんをおろそかにしてはいけない。水の確保は死活問題だし、古《いにしえ》の聖女との契約を私の代で反故《ほご》にするなんてことは、あってはならないから。

それにお酒用とはいえ作物を育てるのだから、そこには楽しさがある。ウンディーネさんに喜んでいただけるように最高のものを作りたいとの気持ちも湧《わ》いてくる。

よし、やる気が出てきた。とりあえずアローナに三つの懸案を相談する。

石灰については私がやるとして——

「お酒職人に関しては、私の方であたってみますね～。何はともあれまず神殿《しんでん》に事情を説明しておかないと、禁忌《きんき》に触れてるぞーって指摘《してき》される可能性がありますし」

とアローナ。確かにその通りで、それについてはアローナにお任せする。

「お酒を作るための設備も同様ですね。職人の方からお話を伺《うかが》いつつ準備をするのがいいでしょうから～」

「そうですね、そうしましょう。私もレシピしか知らないですし」

おぼろげながら、方向が見えてきた。

「では、醸造設備については後回し、お酒職人はアローナにお願いして、石灰は私が採取する、と。この方針でいきましょう」

方向性が見えてくると、努力したい気持ちが湧いてきた。石灰は特に農業に欠かせない物資であるから、今すぐにでも探しに行きたい。

「それでジナ様〜、石灰はどのようにして採取を?」

アローナが確認してきて、私はサムズアップして自信満々に答えた。

「魔物討伐《まものとうばつ》をしながら、しらみ潰しに探します！　ウンディーネさんから魔物討伐をお願いされていますから、それと併《あわ》せてやる感じですね！」

アローナは笑顔を見せる——ただし若干《じゃっかん》、引きつった感じもしていた。

「しらみ潰しですか……。その間、村の守りはどうするおつもりで?」

「村の結界を強化しておきます！　その間、アローナは留守をお願いします！　何だったら今すぐにでも始めたいくらいですよ、アローナ!!」

と、力を込《こ》めて伝えたところ——

「ジナ様、いったん落ち着きましょう」

——アローナに諌《いさ》められてしまった。

「村の守護を務める聖女騎士が、なんの事前準備もなく村を長時間空けるのは、さすがにまずいです」

「う……」

顔は笑顔だけれど、口調は真面目で、普段の『ゆるふわ』な感じがない。

これは本気モードだ……。

「けれど、反対するつもりはないのです。村を守護する代役を立てて、村で緊急《きんきゅう》事態が発生した場合はどう連絡《れんらく》をするのか、いつまでに戻るのか、などの段取りを組めば問題は起きにくくなります。つまり——」

「つ、つまり?」

「腰《こし》を落ち着かせて、ゆ～っくり、段取りを組みましょうね～ってことです!」

にぱっとアローナが満面の笑《え》みを見せてくれた。口調もいつも通りに。

「という訳で、ジナ様はソラナちゃんのご両親にお声がけをお願いします。聖女騎士が不在の場合があったかどうか、不在の場合はどうしていたか、どれくらいの時間なら村を離《はな》れても大丈夫か、そのあたり訊《き》いてみてください。私はタッケンに連絡して、兵士や冒険《ぼうけん》者《しゃ》の方を村に派遣《はけん》できないか訊いてみます」

しごく真っ当な提案に、私は感動すら覚えてしまった。

「さすがアローナ!　頼《たよ》りになります!」

「えへへ、ありがとうございま～す。どんどん頼ってくださいね、ジナ様っ」

笑顔が眩《まぶ》しい。神殿女官として新人の私を厳しく戒《いまし》めてもいいところなのに、私のやることを全否定せずに穏《おだ》やかに諫めてくれた。彼女《かのじょ》の気遣《きづか》いが本当にありがたかった。

やはりこの方、気さくな方ですね。

アローナの助言に従い、ソラナさんのご両親に相談を持ちかけた。

お父様のギードさん、お母様のリーネさん、お二人とも、私が石灰を探しに行きたいと言うとたいそう驚かれていたけれども、アローナ同様に反対はされなかった。

リーネさんがおっしゃるに、リーネさんのご両親が精霊使いをなさっていた頃《ころ》、聖女騎士が一時的に不在になったことが実際にあったそうだ。その時はタッケンから兵士の方をお呼びし、精霊使いであるご両親が村を守ることになったとか。

そこでお二人からは、結界を可能な限り強化すること、できればタッケンから兵士もしくは冒険者を手配してほしいこと、探すのは一回につき二時間を目処にして戻ること、などのご提案をいただく。それとギードさんからは、

「村に出入りしている行商人のフーゴに、その石灰でしたか、それを購入《こうにゅう》できないかを訊いてみるのも手ですね」

別の方法も教えていただいた。それも一つの手なので、尋ねてみようと思う。

そしてリーネさんからは、

「闇雲《やみくも》に探しても時間がかかるだけですから、ノーム様に石灰の在り処をお尋ねするのも一つの手かと存じます。もしよろしければ、ソラナにお手伝いをさせますから」

思いもよらぬ方法をお示しいただいた。

「えっ、分かるものなのですか？　ノームさん、ピンとこない感じでしたが……」

するとリーネさんが微笑む。

「石灰の存在自体はご存じかと思いますよ。使ったことがないというだけで」

――なるほど、ノームさんに訊くという手があったのか。これは盲点《もうてん》だった。

お話を伺えば伺うほど、一人で突っ走るのはよくないと思い知る。はやる気持ちをいったん抑《おさ》えて周囲に相談する、そういう努力も今後は必要になってくるようですね。

私はリーネさんのご教示通りに、ノームさんに訊いてみることにした。

そのお手伝いをソラナさんにお願いすると、喜んで引き受けてくださった。けれど今日は既《すで》に二回、精霊対話魔法を使っていて、もう使えないとのことだったから、それは明日やってもらおうということになった。

私でも精霊対話はできるけれど、ソラナさんの練習になっていいだろうし、一人で突っ走ってもよくないだろう……そう考えて、明日に回した。

　ということで——その翌日。ソラナさんと一緒《いっしょ》に畑にお邪魔《じゃま》して、ソラナさんに精霊魔《せいれいま》法《ほう》を使っていただいた。

　お越《こ》しいただいたノームさんに、石灰の在り処をご存じかをお尋ねすると、

「えっ、石灰のある場所を知りたかったの？　言ってくれれば教えたのに……」

　ノームさんはきょとんとしていた。やっぱりご存じのよう。

　私は両膝をついて頭を下げた。

「本当に申し訳ありません、農業をしたい思いのあまり前のめりになりすぎて、ノームさんにお尋ねするという発想を完全に失念しておりまして……」

「そ、そっか。このあたりの土地のことは、オイラに訊いてくれたら教えるからね」

「ありがとうございます！」

　なんとお優《やさ》しい。この村の方々は、精霊のみなさん含《ふく》めて本当にお優しい。

　あまり比較《ひかく》してはいけないのだろうけれど——『またジナイーダか』と眉《まゆ》をひそめられてばかりだった神殿とは大違《おおちが》いだ。

　ノームさんが北の方を指さした。

「で——石灰の場所だけど、あっちの方角だね。途中《とちゅう》に川があって、川沿いに上っていくと川が二手に分かれるんだ。そこで左の方の川に沿って上っていくと、お椀《わん》みたいな土地

に出ると思う。そこに石灰の塊《かたまり》があるよ」

——感動で身体が震えた。

「それこそ私の知りたかった情報です！　ありがとうございます、ノームさん！」

私はノームさんの両手をぐっと掴《つか》んで、力いっぱいシェイクした。

「あ、うん、これくらいならお安い御用《ごよう》だよ。でも気をつけてね、ゴブリンだと思うけど魔物の気配がたくさんあるから」

「その点は心配ご無用でございます、全部蹴散《けち》らしますので！」

「そ、そうなんだ。蹴散らすんだね……」

ところで——情報を頂いたお礼をしたいと申し出たところ、

「オイラとしては、畑を元に戻してくれるのが嬉しいから。初物、楽しみしてるよ」

お優しいことに、情報の代価は不要とのことだった。ありがたいことです。

ノームさんにお礼を言った後は、ソラナさんにもたくさんお礼を伝えた。ソラナさんは
「お役に立てて嬉しいです！」と、本当に嬉しそうにしてくれた。

聖堂に戻ってアローナに事の次第《しだい》を報告する。アローナも、タッケンとのやり取りの結果を教えてくれた。

「近日中に兵士を二十人、送ってくださるそうです。あと、私たちが報酬を支払《しはら》うなら、

冒険者に募集《ぼしゅう》をかけることもできるそうですよ」

「なるほど。相場がどれくらいかは――」

「もちろんチェック済みです」

相場を聞くと、高すぎず安すぎずといったところ。神殿からは活動資金をいただいてい
て――しかもたっぷりと。お師様の仕業《しわざ》だろう――、無理なくお雇《やと》いできそう。

冒険者を二名お雇いすることとし、募集の件もアローナにお願いした。

ということで。この二日間、石灰をすぐに探すことはできなかったものの、それ以上に
大切なことを学んだように思う。

やっぱり私はまだまだですね。皆《みな》さんのお役に立てるよう、より一層努力しないと。

○

日が変わって翌日。この日は、いつもより早く起きる羽目となった。

「魔物の気配……やれやれ」

夜明け前に魔《ま》の気を感じて、私は即座《そくざ》に装備を整えて村の門に立った。

すると――村へと続く道が、ゴブリンとアッシュハウンド、それにオークで埋《う》め尽《つ》くさ

れていた。奇襲《きしゅう》のつもりか。思わず感情任せに吐《は》き捨てる。

「ザコがゾロゾロと。まったくもう、鬱陶《うっとう》しい！」

――聖術と聖剣技《せいけんぎ》を駆使《くし》して、ものの十五分で片づけた。

戦闘《せんとう》の騒《さわ》ぎで村の皆さんを起こしてしまったようで、村に戻ると皆さんが広場に集まっていた。戦闘が終わったことをお伝えし、お家の中にとどまるようお願いした。

日が昇《のぼ》り、太陽が村を照らし始める頃――今度は下級魔族《まぞく》が、巨大《きょだい》な多頭蛇《へび》・ヒュドラを引き連れて村にやってきた。アッシュハウンドなどのザコも一緒だ。

「ククク……聖女騎士一人で、このヒュドラを倒《たお》すことはできまい！」

そんなことをほざく下級魔族は、鷹《たか》の頭を持つ、灰色の肌《はだ》をした、二足歩行の存在だった。筋骨隆々《りゅうりゅう》とした肉体に黒く刻んだ入れ墨《ずみ》が禍々《まがまが》しく、吐き気《け》を催《もよお》す。

「さあ聖女騎士よ、覚悟《かくご》せよ！　こんなちっぽけな村ごと一瞬《いっしゅん》で――」

「ええ、下級ごとき凡俗《ぼんぞく》など一瞬で倒します！」

ヒュドラの九つの首の付け根には心臓がある。私はヒュドラの懐《ふところ》に一瞬で取りつき、心臓部分をまっすぐ上から下に斬り裂《さ》いた。

一撃《いちげき》で心臓を引き裂かれ、ヒュドラが力尽《ちからつ》きて倒れる。その前に私は水平に跳躍《ちょうやく》、下級魔族に接近、剣《けん》を振《ふ》るって一撃で下級の首をはねた。

「な……んだ、と……。姿が、見え……」

はねた首がうるさかったから、聖剣を振るって頭部を一刀両断！

「魔の物、主の聖なる巷《ちまた》より退くべし。——とっとと消滅《しょうめつ》なさい」

既に絶命した下級魔族に吐き捨てて、その後は残りのザコを片づけた。

魔物の攻勢《こうせい》は一時間と続かず、村は無事、私も無事、世は事もなしという理想的な結果で終わった。村の皆さんも一安心といったご様子だった。

しかしこれだけの規模で続けざまに魔物の襲撃《しゅうげき》があったとなると、更なる襲撃を想定しなくてはならず、当面は警戒《けいかい》を続けなければならない。今日は村のお手伝いはできそうになく、石灰探しの件も先延ばしになりそうだった。

休憩《きゅうけい》ついでに軽い朝食を摂り、それから村の門の真ん前に木箱を設置。そこに腰かけて魔物の襲撃に備えた。

「こうやって待っている時に限って、魔物は来ませんからね……」

私は両膝《りょうひざ》の上に左右両方の手を使って頬杖《ほおづえ》をつきつつ、ボヤいた。

「こちらに都合よく動いてくれる魔物って、いませんからね～……」

側で控《ひか》えるアローナも諦《あきら》め顔だった。

しかし悪いことばかりでもなかった。その日の午後に、タッケンから兵士の方が三十人ほど来てくださった。お雇いする予定だった冒険者のお二方もご一緒だった。

早朝の段階で、連絡クリスタルを使いタッケンの聖堂に『魔物による襲撃あり』の一報を入れていて、その報告を受けて、タッケンの騎士・バロック様が、村に急きょ兵を派遣してくださったそうである。

そして兵士と冒険者の方々は、そのまま村にとどまって、私の石灰探しをしている間に村を守ってくださるということだった。図《はか》らずも予定が前倒《まえだお》しになる格好になった。

これを好機とし、私はこの日、兵士と冒険者の皆さんと協力して、できる限り村の周辺の魔物討伐を行った。

魔物をだいぶ倒せたと思う。状況次第《じょうきょうしだい》では明日、さっそく石灰探しをしようと思った。

——翌日。朝から村の周囲を偵察《ていさつ》する。魔物の気配は皆無《かいむ》に近い。

より正確に魔物の動向を知るために、ソラナさんにお願いして畑のノームさんとお話をさせていただく。先日、石灰の在り処をお尋ねした時に魔物の気配のこともおっしゃっていたから、そうした情報収集もできるものと考え、周囲の魔物について尋ねてみた。

ノームさんは魔物の情報を快く教えてくださった。「今のところは石灰の塊の付近以外にはいないみたい」ということだった。

好機と見た私は村の結界を強化し、留守を預かる皆さんに《祝福の祈《いの》り》をかけ、二時間に一回は戻《もど》ること、何かあればアローナが信号となる魔《ま》法《ほう》を空に打ち上げること、などの段取りをした。

ちなみに――結界を張る聖術の《封魔《ふうま》の祈り》や、能力を底上げする《祝福の祈り》を私が軽々とやってのけるものだから、兵士や冒険者の方々がたいそう驚《おどろ》かれていた。

「あの……もしかして、【十二聖】の方ですか？」

冒険者の方がそうおっしゃって、私は手を振り首を振り否定した。

「とんでもありません。私は新人ですよ」

十二聖の方たちは、何かしら突《つ》き抜《ぬ》けたものをお持ちですからね。私なんて足元にも及《およ》びません――そういう話も一緒にしておいた。

そういったやり取りの後、石灰探しを始める。

先日、ノームさんに教わった方角に向かう。《加護の祈り》をかけた身体が、風のように森の中を駆け抜けていく。

途中に見つけた川を遡《さかのぼ》り、二手に分かれるところまで来て、左の川に向かう。進んでいくとやや急な斜面が立ちはだかったので、私は木の幹を蹴《け》りながら登っていった。

――開けた場所に出た。緩《ゆる》やかな斜面に背丈《せたけ》の低い草木がまばらに生え、その合間に丸くなった灰色の岩石が露出《ろしゅつ》している。地形はお椀状《わんじょう》で、お椀の底に池がある。

ノームさんがおっしゃっていた『お椀状の土地』とはこれだろう。

そして池の近くの平地に、魔物がうぞうぞと集まっているのが見えた。付近には、木と草で組んだ原始的な家屋が並んでいて、そこにゴブリンとオークが多数うごめいていた。

魔物も巣を作って雨風をしのぎ、人間から身を隠《かく》すもの。中でもゴブリンとオークは原始的な集落を形成することで知られている。集落には下級魔族が一匹《ぴき》いて、あれがここらの魔物の指揮を執っていると判断する。

どうやらここは、魔物の拠点《きょてん》となっているようだ。

であれば、なすべきことは一つ！

私は躊躇《ちゅうちょ》なく集落に突撃《とつげき》した。並み居るゴブリンとオークを片《かた》っ端《ぱし》から斬っていく。

「む！　貴様、何者――」

下級魔族に突進《とっしん》、間合いを一瞬で詰《つ》め、追い抜きざまに首をはね飛ばす！

「――だ」

まだなにか喋《しゃべ》ろうとする首を一太刀《ひとたち》で両断し、私は言った。

「ご覧の通り、聖女騎士ですよ。ちょうどいい機会なので殲滅《せんめつ》させていただきます」

改めて魔物と対峙《たいじ》する。魔物は指揮官を失って動揺《どうよう》している様子だった。

もちろん逃《に》がすつもりはないし、手心を加えるつもりもない。私は聖剣を大上段に構えて、聖なる気をあらん限り、剣に込めた。

充分に気が溜《た》まったところで、勢いよく剣を振り下ろす！

「デモンズバスター！」

聖剣技・デモンズバスター。凝縮《ぎょうしゅく》した聖なる気で広範囲《こうはんい》を攻撃《こうげき》する。かなりの大技《おおわざ》であり、ゴブリンやオーク共々、その家屋も一緒に吹《ふ》き飛ばすことになった。

後は、聖剣技を駆使しつつ残敵を一匹残らず掃討《そうとう》。魔物の気配が完全に消えたのを確認《かくにん》して、一息ついた。

「さて、調べますか」

地質を調べるため、近くの白色の岩に手をかざし、錬金術《れんきんじゅつ》の《分析《ぶんせき》》の魔法を使った。

これは物質の成り立ちを元素レベルで知ることができる魔法だ。これなしに錬金術は始まらない。

――その結果に、微笑《ほほえ》みも浮《う》かぶというもの。

「炭酸カルシウムの塊……素晴らしい！　石灰《せっかい》鉱山、見つけましたよ！」

ノームさんとソラナさんには、うんとお礼をしないといけませんね。

お目当てのものを見つけて、気分が高揚《こうよう》するのを感じる。

「では、さっそく採取といきましょうか――」

と、勢いに任せて独り言をつぶやいたところで――私は我に返った。

「いや。いけない、いけない。ここは落ち着きましょう」

はやる気持ちを抑える努力――その必要性を、先日理解したばかりだ。

まずは懐中《かいちゅう》時計を見る。錬金術の先生から頂いた魔法仕掛《まほうじか》けの時計の針は、村を出てからおおむね一時間が経過したことを示していた。

石灰を採取する時間は、あるにはあるけれど――

「――うん。いったん戻りましょう。報告が先です」

私は今すぐにでも採取したい気持ちを抑えて、村に戻ることにした。


村に戻って一連の出来事を報告した。休憩後に改めて向かうことにする。

村の方は至って平穏《へいおん》で、周辺には魔物の気配さえもないようだった。

「ところでジナ様、石灰の採取って、どうやってなさるんですか？」

アローナの質問に、私は軽く答えた。

「鉱山を爆破《ばくは》して、岩を細かくしてから持ち運ぼうと思います」

「……ばくは？」目を点にするアローナ。

「ええ、空気肥料が爆薬《ばくやく》としても使えますから。――どうしました？」

アローナだけでなく、その場にいた兵士や冒険者、村の皆さんが、愕然《がくぜん》といった様子をなさっていた。もうちょっと説明したほうがいいかなと思い、続ける。

「えっとですね、空気肥料は錬金術で合成する肥料で、錬金術的には硝安《しょうあん》という物質になります。本来は窒素《ちっそ》系肥料として使うのですが、強い熱と衝撃《しょうげき》を加えると爆発《ばくはつ》することから、爆薬としても使えるのです。錬金術の先生曰《いわ》く『石灰を採取するのにちょうどいい』ということで教わりました。ただ、硝安は爆発感度が低いですから――」

そして私は、鎧《よろい》の内ポケット――『隠し』と呼ばれる場所――に入れておいたガラスアンプルを取り出した。中には透明《とうめい》な液体が入っている。

「こちらの高性能爆薬《ばくやく》を使って起爆《きばく》する形になりますね。私も実践《じっせん》するのは初めてなので、最初は慎重《しんちょう》に行こうと思います」

そこまで言ったら、突然《とつぜん》、ソラナさんのお父様・ギードさんが大きな声を出された。

「高性能爆薬!?　それ、ダイナマイトの原料では……？」

あらまあ、よくご存《ぞん》じで。

「はい。錬金術の先生に作り方を特別に教えていただきまして」

答えると、ギードさんは恐《おそ》れおののき、私から後ずさりを始めた。

「いや、それ、ちょっとの衝撃で爆発するものだったはず……」

「はい、おっしゃる通りです。ですから、ガラスアンプルの内側に錬金術で《安定》の効果を付与《ふよ》しています。爆薬が《安定》の効果に包まれる形になりますので、衝撃を与《あた》えても起爆はしません。ガラスが割れない限り大丈夫《だいじょうぶ》ですよ」

アンプルを軽く振ってみる。チャプチャプと音がする。それだけ。

ちなみに、《安定》の効果はガラス自体にも効果を及ぼしていて、耐久性《たいきゅうせい》が飛躍的《ひやくてき》に向上している。落としたくらいでは割れない。

こうすることで、危険な爆薬を安全に持ち運ぶことができるのだ。

「ね、大丈夫でしょう?」

にっこり微笑んでみせる、けれども、みなさん怖《こわ》がったままだった。うーん。

そうしたら、ギードさんから追加の質問が。

「あの、ジナイーダ様、そのガラスアンプルはどちらで入手されたので……?」

「自作ですよ」と私は答えた。「先生から作り方を教わったのですが、その時に『アンプルの内側に《安定》効果を貼《は》り付けなさい』と事も無げに言われてしまって、あの時は困り果てたものでした。まあ、なんとかコツを掴みましたけれども」

答えると、ギードさんは絶句されていた。

「……ジナイーダ様、恐れながら、錬金術師《れんきんじゅつし》のクラスはいかほどでしょうか？」

「一応、初級の資格を取らせていただいております」

「初級⁉　いや、ありえない！　ジナイーダ様がなさっていることは中級以上のはずですよ⁉　以前に錬金術の本を読んだことがあって、高級なポーションを同じような方法で長期保管しているということで……」

「そうなのですね。お恥《は》ずかしながら、農業関連の錬金術しか習得してなくて……」

先生に言われるままに覚えていったから、そのあたりの感覚がなんとも……。

その時、アローナが私の前にやってきて、両肩《りょうかた》をガシッと掴んできた。

まじまじと私を見つめてくるアローナ、すごい気迫《きはく》で私にこう言った。

「ジナ様、いちばん大事なことを訊きます！　――それ、村に被害《ひがい》は出ませんよね？」

「そんな威力《いりょく》は出ませんから大丈夫です」

「なら大丈夫です！　でも、くれぐれも気をつけてください！」

「もちろんです。自爆《じばく》するつもりはありませんから」

「約束ですからね！　無茶《むちゃ》はダメ、ゼッタイ！　ですよ‼」

――しっかりと念を押されて、私は再び石灰鉱山へ。場所は分かっているので、今度は比較的《ひかくてき》短時間でたどり着けた。周囲に魔物の気配はない。

お椀型の土地の底の部分にある池の水を利用して、空気肥料を大量錬成《れんせい》する。錬成式を組んで、地面を指さした右手の人差し指の先から、白い粒状《つぶじょう》の物質がたくさんできていく。水と空気というありふれた物質から錬成できるのが、この肥料のメリットだ。

これを錬金術の《圧縮》という魔法で軽く押し固め、ブロックにしていく。やりすぎると熱で爆発するので、慎重に、本当に軽めに……。

こうしてできた空気肥料の塊を、手近な斜面《しゃめん》にセット。空気肥料の表面にガラスアンプルを差し込み、ガラスアンプルの外側に《圧縮》の錬金魔法《れんきんまほう》効果を付与、その効果は私の合図で発動するようにセットする。

爆薬を保護する《安定》の効果はアンプルの内側にかかっているから、外側に錬金魔法を追加することができる。先生が「内側に付与しなさい」と言ったのはこのため。

準備完了《かんりょう》。私は爆薬から充分《じゅうぶん》に距離《きょり》を置いた。

「では、いきましょうか」

離れた場所から、指をパチンと鳴らす。それを合図に、圧縮の術式が実行された。

ガラスアンプルが後端《こうたん》から先端《せんたん》に向かって圧縮され、ガラスアンプルが押しつぶされる。《安定》の効果はそれによって消滅、同時に圧縮の衝撃によって高性能爆薬が起爆する。

その爆発エネルギーが空気肥料に伝わって――

ズガアアァァァンッ!!

――大爆発《だいばくはつ》を引き起こした。強い衝撃波《しょうげきは》と爆音《ばくおん》が、空気を介《かい》して伝わってきた。

全身がじいぃぃぃん……と震《ふる》えている。それが、心地《ここち》よく感じた。

「あらあら、これはこれは……。なんだか癖《くせ》になりそうですね」

そんなことをつぶやきながら、爆発地点へ。

斜面がえぐられ、石灰の岩が細かく砕《くだ》かれて、周囲に飛散していた。

「よし。ではこの石を集めて、と」

白い石を集め、《圧縮》の魔法でひとまとめにする。石灰は爆発しないけれど、急激に圧縮すると手で触《さわ》れなくなるくらいの高温になるから、慎重に押し固めていく。

両手で抱《かか》え込むくらいの大きさの白いサイコロが出来上がった。持ち上げるとそこそこ重い。《加護の祈り》がかかった身体でこれだから、実際はもっとあると思われる。

でも、走るのに支障が出るほどではない。

「では、戻りましょうか」

サイコロを抱えて村に戻ると――

「ジナ様、大丈夫でしたか⁉」

アローナが慌《あわ》てた様子で駆《か》け寄ってきた。

「ええ、もちろん。いい感じに採集ができましたよ」

答えると、アローナは心底安堵《あんど》した様子を見せたのだった。

「よかったぁ〜〜〜！　ものすごい爆発の音だったから、心配しましたよぉ〜！」

「そんなにすごかったのですか？」

「そりゃもう！　今すぐ助けに行こうかと思ったくらいですよ‼」

「そ、そうだったんですね……。ご心配をおかけしたようで」

「ええ、もう本当に。——でも、無事に採取できたみたいでよかったです」

「はい」

最後はお互《たが》いに微笑《びしょう》した。

こうして、この日のうちに四回、石灰を採取した。ひとまず充分な量を得られたので、採取を終わりにした。

○

石灰が得られたことで、翌日からはスムーズに事が進んだ。

朝、私はガラスケースに入れた浄化草《じょうか》の小さな苗《なえ》を手に、段々畑の一角の、雑草が生い茂《しげ》る区画に向かった。興味があったのか、ソラナさんもついてきてくれた。

「こんなに小さいんですね……」

小麦の新芽くらいの大きさの苗を、ソラナさんが不思議そうに見つめている。

「ええ。これが爆発的《ばくはつてき》に成長しますからね。見ものですよ！」

私は畑に生えた雑草を踏《ふ》み倒しつつ、畑の真ん中へ進む。穴を軽く掘《ほ》り、ガラスケースから苗を取り出して、くりっと力を込めて土に植える。後は軽く土を被《かぶ》せれば終わり。

「これだけでいいんですか？」

とソラナさん。私はうなずく。

「ええ。夕方には効果がはっきり分かると思いますよ」

――実際その通りになった。夕方、浄化草は膝《ひざ》の高さまで成長していて、周囲の雑草が早くもくたくたに萎《しお》れていた。

「ふわぁ……本当に成長してる……！」

一緒に来たソラナさんがたいそう驚いている。

「すごいでしょう？　でも――この分だと、三日くらいで成長が止まりそうですね。一週間もすれば浄化草も枯《か》れ果てるでしょう」

「そ、そうなんですか……？」

「ええ。いろんな条件で実験しましたからね」

――果たして三日後、浄化草を植えた畑から雑草がなくなっていた。枯れた雑草は既に土と同化しつつあった。

その畑の真ん中には、私の背丈よりも伸びた浄化草が、力強い緑色をたたえた葉を伸ばして真っすぐ空に向かって伸びている。

「ふえぇ……」

驚きのあまり言葉がないソラナさんに、

「はわわ……このまま増殖《ぞうしょく》したらどうしよう……」

ソラナさんの精霊魔法で姿を見せたノームさんは慌てた様子。

「大丈夫ですよ。今は栄養を吸い尽くした状態なので、これから枯れます」

私は自信満々に答えた。

そして――植えてから一週間後。

浄化草は枯れ草《くさ》色に変色して、地面に力なく横たわっていた。

「ホントに枯れちゃった……」

信じられない、という感じにソラナさん。

「凄《すご》い……栄養を蓄《たくわ》えた状態で枯れてる。何がなんだか分からないよ、オイラ……」

ノームさんはノームさんで、お目々をまんまる開いて、呆然《ぼうぜん》としていた。

この日は村の皆さんも見学に来られていて、皆さん口々に「これはすごい」とおっしゃっていた。褒《ほ》められると嬉《うれ》しいものですね。

それもあって、私は自信たっぷりにこう言った。

「これが農業錬金術なのです！　普通《ふつう》は雑草を刈《か》って耕して、堆肥《たいひ》をたっぷり入れて耕して、また肥料を入れて――という手順を踏まなくてはなりませんが、浄化草を使えばこんなに簡単に雑草駆除《くじょ》ができるのです。この後に石灰窒素《せっかいちっそ》を投じれば、なお一層しっかり土作りをすることができるのです」

「これは……革命レベルですね」

そうおっしゃったのは、サマンタ様。

「しかしジナイーダ様、浄化草というのは、入手が困難なのでは？」

「いいえ、成長中の浄化草の末端《まったん》の葉をちぎって錬金術で加工するだけですから、容易に再生産が可能です。コツさえ掴んでいれば、そこまで難しくありませんよ」

「なんとまあ……」

「あ、大事なことを忘れていました。――みなさん、これから投じる石灰窒素は人体にも有毒な物質となりますので、施《ほどこ》した後は二週間ほど畑に入らないようにお願いしますね」

「ゆ、有毒……⁉」

サマンタ様はじめ、村の方々がびっくり仰天《ぎょうてん》といった様子に。

「ああ、あの、大丈夫です、畑に近づかなければ問題ありません。有効成分のカルシウムシアナミドは水で分解されて、分解後は窒素系肥料に変化します。二週間も経《た》てば完全に分解されますから。ええ、大丈夫ですよ」

それでもみなさん、不安が尽きないご様子で……。

「ジナ様ぁ、そういうことはいきなり言うのではなく、きちんと前置きをしてからにしましょうね～。ささ、村の皆さんの不安を払拭《ふっしょく》しますよ～」

アローナがやんわりと諭《さと》してくれるのだけど、怖い感じの笑顔《えがお》になっていた。私は恐れおののきながら「はい……！」と答えるしかなかった。

――この後、石灰窒素の危険性と有効性を、懇切丁寧《こんせつていねい》に説明させていただいた。幸いにして、村の皆さんのご理解を賜《たまわ》ることができた。

ノームさんも、浄化草の効果をご覧になって私を信じてくださり、石灰窒素も含めて使用を許可してくださった。

段取りができたら、さっそく、浄化草が枯れた畑に石灰窒素を投じていく。

石灰石《せっかいせき》の塊を必要な分量だけ畑に置き、その周囲に、各《かく》ご家庭に溜まっている竈《かまど》の灰をいただいてそれを撒《ま》き、それでも足りなかったから、村の周囲の雑草を刈ってこれを燃やし、草木灰《そうもくばい》を作ってこれも畑に撒いた——加里成分が補充《ほじゆう》されるので一石二鳥となる。

後は《空間算術法》というやり方で、畑に直接錬成式を書き込む。白く発光する文字列が畑の表面に羅列《られつ》される。

式を作動させると、石灰石と諸々《もろもろ》の灰が地中に取り込まれていく。これらが土の中で石灰窒素となり、効果を発揮する。

後は石灰窒素の効果を増幅《ぞうふく》するため、《祝福の祈り》を畑にかける、と。

「主よ、この地を祝し、御恵《みめぐみ》により産物を増し加え給《たま》え——」

祝福をかけた畑の表面が金色に発光し、やがて馴染《なじ》むと光が消えた。

ご覧になっていた村の皆さんは「奇跡《きせき》だ」とさえおっしゃって、驚かれていた。いえ、奇跡ではなくただの錬金術と聖術の組み合わせなのですが……と思ったのは内緒《ないしょ》。

そこに、ソラナさんのお父様・ギードさんから、こんなご質問をいただいた。

「ジナイーダ様、質問ばかりしているようで恐縮《きょうしゅく》ですが、一つ尋《たず》ねさせてください」

「ええ、どうぞ」

「錬金釜《れんきんがま》を使うことなく、錬成をすることは可能なのですか？」

「ええ。空間算術法というやり方がありまして、私はそちらを使用しております」

「くうかん、さんじゅつ？　ですか。それは……？」

「文字通り、空間上に錬成式を書き込《こ》み、実行する方法です。釜《かま》とは違《ちが》って空間的制約がありませんから、自由に錬成できるというメリットがありまして」

逆に制約がないから、錬成式のターゲットとその効果範囲《はんい》をしっかり指定しておかないと、式が成立しない。自由度が高い分、制御《せいぎょ》が難しいというデメリットもある。

「え、空間上に……？　あの、おそれながら、それは神業《かみわざ》の部類に入るのでは……？」

ギードさんが目を丸くして、そんなことをおっしゃっている。

私としては表現が大袈裟《おおげさ》に感じられて、首を傾《かし》げるしかない。

「神業、というのは言い過ぎではないでしょうか？　コツさえ掴めたら後は簡単ですし」

「いやいやいやいやいや！　錬金釜という物理的な境界を利用しないと、錬成式すら組めないはずです！　境界がないと錬成式の効果範囲が無限大となり、そうなるとそれに必要な魔法力も無限大となりますから、仮にやったとしても錬成式を空間上に生成する端《はし》から、必要な魔力《まりょく》が足りずに式が散逸《さんいつ》して式が成立しないと、本に書いてあったので！」

ギードさんは読書家のようだ。知識を広げることへの意欲も強い。素晴《すば》らしいことだ。

だから私も、きちんとお答えさせていただいた。

「よくご存じですね、その通りです。【マクマホンのパラドックス】として知られていますね。そのパラドックスを超《こ》えるコツというのが『錬成式で錬成式を書く』なのです」

「……？？？」

「つまり『空間上に錬成式を書く』という錬成式を構築してから、必要な錬成式を書き込むのです。私も最初はなんのことだかさっぱりでしたが、コツを掴んだら『ああ、なるほど！』となりましたよ。こんな感じにすいーっと」

例として、空間算術で「ようこそ」という単語を書いてみせる。指先で錬成式を組み、何もない空間上で指を動かして、白く発光する文字を描《えが》く。

これは錬金術的には意味がないので、式は不成立となる。文字は数秒で拡散した。

「…………」

ギードさん、絶句しておられた。そんなに衝撃的《しょうげきてき》でしょうかね？

「まあ、このやり方は、錬金術の先生が『裏技的手法《うらわざ》』としきりにおっしゃっていましたので、正攻法《せいこうほう》でないのは確かでしょうね」

「……あの、錬金術の先生のお名前を伺《うかが》っても……」

「シオン先生です」

「シオン⁉　まさか、あのマスター・シオンですか⁉　王国に五人しかいないマスタークラスの錬金術師の……」

「ええ、その方ですね」

「じゃ、じゃあ、マスタークラスの方から錬金術を教わられたのですか……!?」

これには村のみなさんも仰天なさっていた。私は「どういう訳か気に入られて、たままご教示いただけただけですから」と、事実を答えるしかなかった。

——とまあ、そんなこともありつつ。

以降は、他の耕作放棄地《ほうき》でも浄化草を植えて雑草を枯らし、浄化草が枯れた後は石灰窒素を入れて、土地を整える作業を行った。

石灰窒素の分解が終わる二週間を『養生期間』と呼んでいて、その間は村の仕事のお手伝いや、ノームさんやウンディーネさんに調子を伺うといったことをしていた。

そうそう、ウンディーネさん、「魔物《まもの》が減って水が綺麗《きれい》になってきたよ！　メッチャ助かった、ありがとねー！」と、たいそう喜んでらっしゃった。

またお酒関連では、神殿《しんでん》から「村の活性化に繋《つな》がるのなら」と、職人を雇ったり設備を整えたりといったことについての許可が下りた。あとは職人を見つけるだけ。

そんな折、アローナの提案に私が乗る形で、いつもお手伝いくださるソラナさんをランチにお誘《さそ》いした。

聖堂の右隣《みぎどなり》にお庭があって、私とアローナでそこを整備して、テーブルと椅子《いす》をセットして食事ができるようにした。といっても、テーブルも椅子も村で使われなくなった木箱に布を敷《し》いただけのもの。いつかは本格的なものを揃《そろ》えたいですね……。

ちなみにソラナさん、落ち着かない様子で椅子に座《すわ》っていた。

「あ、あの、私なんかがジナ様とお昼を食べて、いいんでしょうか……？」

「ぜんぜん問題ありませんよ。むしろノームさんやウンディーネさんにお話を伺う時に、たくさんお世話になっていますから。そのお礼ということで」

微笑してみせると、ソラナさんも多少リラックスできたようだった。

アローナがトレイに載った料理をテーブルに並べた。

「今日はピッツェッタにしてみました～！　どうぞ召《め》し上がれ～！」

「ふわぁ、おいしそうな匂《にお》い……これ、パンですか？」

初見であろうソラナさんが尋ねる。

「ピッツァって料理があるんですけど、それの小さい版ですね。パン生地《きじ》を平たく丸め、具材とチーズをかけて焼いたものですよ～」

アローナが分かりやすく答えた。――ちなみに私もこの料理は初見。

何はともあれ、いただきましょう。最初に主に感謝の祈りを捧《ささ》げ、小さな円形のそれをいただく。

　サクッとした生地の食感と、チーズの風味と酸味、そしていろんなお野菜の甘《あま》みと食感が足し合わされた複雑で濃厚《のうこう》な味わいが、瞬《またた》く間《ま》に舌を虜《とりこ》にしてくれた。

「あら、おいしい」

「おいしいですー！」

　好評価に、アローナもニッコリ。

「アローナさん、お料理お上手ですね！」

「ええ、料理するのが大好きですから～」

　ところがそのアローナの微笑に、不意に陰《かげ》りが。

「――でも神殿って基本、質素《しっそ》倹約《けんやく》なので、こういう時じゃないと料理の腕《うで》を振るえないというか。普段《ふだん》はライ麦パンと、雑穀スープか雑穀の炒《いた》め煮《に》しか作れなくて、それがとてもつまらないんです……」

「それが私たちの主食ですものね」

　それでも栄養不足にならないように、雑穀スープや炒め物にはたくさんの素材がバランスよく投じられている。聖女騎士《きし》が満足に動けるように食事を考えてくれる神殿女官には感謝の言葉しかない。

　さっそく一つ目を平らげたソラナさん、二つ目を手に取り、

「これ、弟たちにも食べさせてあげたいなぁ」

と、つぶやいたら。アローナが「待ってました」とばかりにこう言った。

「はぁい！　こんなこともあろうかと、ご家族の分まで作りましたから～！　お土産《みやげ》に持って帰っちゃってくださ～い！」

じゃーん！　という感じに、鉄板に並ぶ料理をソラナさんに見せた。

「ええっ!!　そ、そんなご厚意《こうい》をいただけるなんて……！」

「いや～実を言うと、料理するのが楽しすぎて作り過ぎちゃいまして～」

――と言いつつも、ご家族の分も考えて作ったのでしょうね。なにしろアローナは気配り上手ですから。

ランチは楽しく進む。その時、ソラナさんから素朴《そぼく》な疑問が来た。

「あの……ジナ様って、どうして農業に力を入れられるのですか？」

――答えようとして、言葉に詰まってしまった。

それはしごく当然の疑問であり、想定はしていた。でも――そのきっかけとなった出来事があまりにも重くて、考えていた返答をスラスラと答えることができなかった。

「あ、あの、失礼な質問だったでしょうか……？」

ソラナさんを不安がらせてしまった。こんなことではいけない。

私は——少々無理矢理《むりやり》に笑顔を作って、

「いえいえとんでもない。大丈夫ですよ」

不安をほぐす言葉を伝え、そして質問に答えさせていただいた。

「時折、飢饉《ききん》の話を聞きますからね。たくさん食べ物があれば、ひもじい思いをする人も少なくなるでしょうから、そうした備えをしておきたくて、農業をしたいと思ったのです」

——これ、実際は少し遠回しな表現となる。あの話はお師様からも「あまり話さない方がいい」と言われているから、あまりしないようにしている。

ソラナさんに悪い印象を与えないといいのだけど——と、少し不安に感じたものの、

「ふわぁ……ジナ様ってやっぱり凄いですね……。考えることのスケールが違う……」

ソラナさんはたいそう驚かれていて、悪い印象は抱かなかったみたい。よかった。

でも——自分のしていることを思うと、やはり「凄い」というご評価をいただくのは少しおこがましいと感じるので、そこは釈明《しゃくめい》をさせていただいた。

「凄くはありませんよ。聖女騎士らしからぬことをしている自覚はあります。農業についても、まだまだ知らないことばかりですし。それでも——作物を育てるのが楽しくて仕方がなくて、その楽しさを味わいたくてやっている、そういったところですね」

今となっては、こちらの方がメインだと言えなくもない。

「ということで、私は今、畑を耕したくて仕方がない！　ということなのです！」

これが私の結論だ。ソラナさんは笑って「はいっ！」と応えてくださった。

今回、様々な方のご協力をいただいた。学んだことも多い。

一人で突《つ》っ走らない、逸《はや》る気持ちを抑える――これが今回、私が得た『収穫《しゅうかく》』だったように思う。

でも、務めは始まったばかり。まだまだ努力していきますよ！

第三章

「――どうした、ジェリカ？　やけに思《おも》い詰めた顔をしているぞ」

ヴィクトリア様が私を見て、一言、そのようにおっしゃった。

私・ジェリカは今、神殿の一室、聖女騎士・十二聖であらせられるヴィクトリア様の執《しっ》務室《むしつ》にいる。

あることを打ち明けるために、私はここに参じた。

何週間もの間、私は忘れようと努めてきたことがある。

魔物討伐《まものとうばつ》に精を出し、迷宮封《めいきゅうふう》じにも真剣《しんけん》に取り組み、貧しい人たちの生活支援《しえん》も無我夢《むがむ》中《ちゅう》にこなして、なんとか頭をカラにしようと頑張《がんば》った。

でも無理だった。忘れようとすればするほど思い出してしまって、思い出すたびに後悔《こうかい》が積み重なっていった。

このままではいけない――そう思って私はここに来た。覚悟《かくご》は決めてきた。なのに言い出せない。顎《あご》は錆《さ》びついた鉄のように動きが鈍《にぶ》く、声帯が鉛《なまり》のように重たい。

ヴィクトリア様が、フ、と微笑まれる。

「ジナのくじのことか？」

核心《かくしん》を突かれた。この方はどうしてこう、たやすくも私の心の奥底《おくそこ》を見抜《みぬ》くのか。

でも──見抜かれているのなら、もう隠しようもないと諦《あきら》めがついた。

顎の錆《さび》が取れ、声帯が軽くなった。

「はい。……務めを定める儀《ぎ》に用いられるくじに、細工をしたのは、私です」

言いたかったことの一つを、まず打ち明けられた。

──続けざまに二つ目を打ち明ける。

「しかし、主の御前《みまえ》に誓《ちか》って申し上げますが、ラーベル村の駐在《ちゅうざい》になるように仕向けたのは、私ではありません。私は……最初くらいはジナイーダよりも早く務めを終えられるように、王都から少し離《はな》れたザルツシュネーガーの森の魔物討伐と記されたくじを、箱の上の部分に貼りつけただけなのです」

そして何より伝えねばならないこと──謝罪を、深く頭を下げて伝えた。

「神聖なる儀式《ぎしき》に手を加えてしまったことは謝罪致《いた》します。厳罰《げんばつ》も覚悟の上です。けれど彼女《かのじょ》にあんな無茶をさせる意図はまったくありませんでした。それだけはどうか……！」

その時──ヴィクトリア様が、ふふ、と優《やさ》しく微笑まれた。

「そりゃそうだ。あのくじに細工をしたのは私だからな」

——まったく予期せぬ答えが返ってきた。

顔を上げ、目を丸くして、私は言った。

「……、はい？」

「いやだから、犯人は私だ。エーファ様にも報告し、ちゃんと説教を食《く》らった。だから、気にしなくていいぞ」

ヴィクトリア様、涼《すず》しげな顔でしれっとしている。

「どうしてそんな回りくどいことをしたかって？　決まってる、ジナに最も相応《ふさわ》しい務めをさせようと思ったからだ。それにあの務めは、どのみちジナにしかできないと思うぞ」

……私は、続く言葉が見つからなかった。

「ま、これに懲《こ》りて、くじにいたずらをするのはやめることだな。もっと言うなら、ジナにいたずらをすること自体やめた方がいい。お前も分かっているだろう、アレは努力の暴走馬車だ、一度走り出したら辿《たど》り着くまで止まらない」

ここまで言われて、ようやく私は言葉を発することができた。

「……ええ、それは、間近で見てきた私もよく存じておりますわ」

そう――ジナイーダは、私にとっては「決して届かぬ背中」だった。

私がどんなに頑張っても、ジナははるか先を突っ走っていく。

一を教われば十を知り、百を学んでなお飽《あ》き足らず、千を、万を、飽くなき努力でひたすら求めていく……。

その姿を見て多くの人が言った、ジナイーダは怪物《かいぶつ》級の天才だと。

――それは違う。間近で見てきた私だから分かる、ジナは天才ではない。彼女は『飽きることなく努力を続けられる』という、常軌《じょうき》を逸《いっ》した努力家なのだ。

けれど、その尋常《じんじょう》ならざる努力が決定的な差となって、同期の私たちだけでなく先輩《せんぱい》聖女騎士たちをも置いてきぼりにしてしまう。

ジナに追いつけないと分かった私は、時々、彼女にイタズラをした。彼女にも少しは苦労というものを知って欲《ほ》しかったし、苦労している様を見て溜飲《りゅういん》を下げたかったから。

それに、農業のことで色々とさせられたものだから、そのお返しということもある。

その結果どうなるかといえば――ジナは確かに苦労する、するけれど、すぐに解決して次に進む糧《かて》としてしまう。つまり逆に手助けすることになってしまう。

いかなる障害が立ちはだかろうとも、彼女は止まらない……『努力の暴走馬車』とは本当に言い得て妙《みょう》だと思う。

「で、お前のいたずらがきっかけで辺境に飛ばされたジナのことが、気になるのか？」

ヴィクトリア様――この方は本当に、私の心を見透《みす》かしてこられる。

「……気にならないと申せば、嘘《うそ》になります」

心のままに答えたら、

「では、お前に一つ『務め』を与える」

ヴィクトリア様はこのように仰《おお》せになった。

「聖なる儀式に手を加えた罰《ばつ》として、オステンデル辺境伯領《はくりょう》の魔物討伐を命じる。彼《か》の地《ち》は魔物が異常なほど増えている。猫《ねこ》の手も借りたいほど兵士が不足しているそうだから、辺境伯とその領民を助けるために、まずは二週間ほどじっくり魔物を狩《か》ってこい」

ヴィクトリア様は正式な書類をさっとしたため、軽《かろ》やかにサインをした。

「その後はラーベル村に向かい、別命あるまで村に駐在《ちゅうざい》しろ。報告によれば、あのあたりの魔物の動きがどうにも妙でな。何かあると思うから対処してくれ」

「何かって……それを新人の私にお任せなさると？」

「そうだ。お前はお前で先輩聖女騎士と同格の実力を持っているし、何よりジナに振《ふ》り回されても大丈夫な聖女騎士と言えば、お前ぐらいしかいない。適任だろう？」

嫌《いや》な評価をなさるものだ。しかし事実なだけに言い返せず、それが腹立たしい。

「なに、心配せずとも、村に隣接《りんせつ》するタッケンの町にも聖女騎士がいるし、よほどのことになれば私が出る。それでも嫌なら別の騎士に任せるが、どうする？」

――本当に意地悪な微笑を浮《う》かべられるものだ。

「……いえ、拝命致します」

「それは何よりだ。ではお前の師匠《ししょう》のエティエンヌには、お前から説明しておいてくれ。この指令書を見せれば『まぁたヴィクトリア様ですかッッ‼』などと金切り声を上げてグチグチ言ってから『ご命令とあれば致し方《かた》ありません』と納得《なっとく》するに違いない」

――その様が容易に想像できた。笑いをこらえる。

「あとジナのことだが――まず間違《まち》いなく土いじりに勤《いそ》しんでいることとは思うが、寝食《しんしょく》を惜《お》しんで努力をしていては元も子もないから、もし痩《や》せこけて目の下にくまを作っていたら、私の代わりにケツでもひっぱたいといてくれ」

「ケツって……」

相変わらず、この方は口が悪い。

「本当なら、私が直接行きたいんだがなぁ。十二聖が動くと周辺諸侯《しょこう》が『いったい何事ですか⁉』と色めきだってしまう――特にライデンヒース侯《こう》がやかましくてな。まったく十二聖とは肩身《かたみ》が狭《せま》いものよ。大規模災害でも起きなければ、王都を出ることもできん」

肩《かた》こりをほぐす仕草をするヴィクトリア様。

「まあ、そんなところだ。私からは以上だ。まだ懺悔《ざんげ》したいことはあるか？」

十二聖に連なる方の前では失礼なことと承知の上で、私は苦笑いを見せた。

「いえ、ございません。寛大《かんだい》なるお許らいに心からの感謝を。主に御栄《デオ・グロリア》えあれ」

私は一礼し、指令書を手に退出した。


そういった出来事を経て、私は今、オステンデル辺境伯領にいる。

到着《とうちゃく》して十日ほどが経過しているが、睡眠《すいみん》と食事と休憩《きゅうけい》以外の時間はほぼすべて魔物討伐に回している状態だ。とにかく魔物の数が尋常でなく、助けになるなら猫でも鷺《サギ》でもいいから手を借りたいと、そんな状況《じょうきょう》だったのである。

早くジナの様子を確認《かくにん》したい思いと、苦境にあえぐ人々を助けたい思い……その狭間《はざま》で私はもやもやし、その葛藤《かっとう》を振り払《はら》うように剣《けん》を振るい、魔物討伐を続けた。

現地の兵士の方々や、先に遣《つか》わされていた聖女騎士の先輩方《せんぱいがた》の尽力《じんりょく》のおかげで、残る四日でどうにか『後《うし》ろ髪《がみ》を引かれずにラーベル村に行ける』程度に魔物を狩れた。まさか牛頭巨人《きょじん》・ミノタウロスがうろついているとは思わず、それの討伐《とうばつ》に随分《ずいぶん》と手を焼かされたものだが、倒《たお》せてよかったと心から思う。

現地の兵士の方々や、先輩聖女騎士たちからも感謝され、また惜しまれつつ、私は予定通りラーベル村に向けて出発する。滞在《たいざい》していた辺境伯領南部からラーベル村までは、およそ一週間の道のりだ。

道中も魔物が多く、予定より一日遅《おく》れてラーベル村の隣町《となりまち》・タッケンに辿り着く。

町の人に、ラーベル村の状況を聞いてみたら、

「新しく来られた聖女騎士様が、随分頑張《ずいぶんがんば》っておられるようですよ。兵隊さんたちも『魔物の数が激減した』と言って、喜んでいました」

その日の夜は、ジナのことばかりを考えた。

誰《だれ》もが口を揃えてそんなふうに言っていた。ジナは健在のようだ。

ジナは私を「一番の親友」と勘違《かんちが》いしていて、よく話しかけられたし、巻き込まれる形であれこれさせられたものだ。

神殿の庭に勝手に作った畑で、カメムシ退治やミミズの扱《あつか》いまでさせられるとは思わなくて、生まれて初めて『金切り声』を上げたこともあって……ああ、嫌な思い出が。

でも――思い出の中のジナは、いつも笑顔を浮かべていた。

「……きっと大丈夫《だいじょうぶ》。彼女なら、きっと」

自分に言い聞かせ、眠《ねむ》りについた。

翌日早朝、日が昇《のぼ》る前に町を出立する。昼前には到着するはず。

町から村への道中は、驚《おどろ》くほど魔物がいなかった。一度も戦闘《せんとう》せずに村に到着する。

出迎《でむか》えに来た村長のご息女様とお話をし、一人でジナのいる村の畑に行く。

何故《なぜ》か心臓が小刻みに脈動している。どうしてこんなに緊張《きんちょう》しているのか。

ただ同期の様子を見に来た、それだけなのに……。

「まあっ、ジェリカ！」

私の姿を見たジナが、満面の笑みを浮かべた。

瞬間《しゅんかん》、心が安らかさで満たされる。

——ああ、いつものジナだ。

○

早いもので、季節は秋。

私がこの村に来てから、ひと月と半分が過ぎようとしている。

この間に村の皆《みな》さんとはだいぶ打ち解けられたように思う。サマンタさんからは「私に様はいりませんよ」と言われ、より親しくお話しできるようになった。

畑の方は順調だ。石灰窒素を投じて二週間しっかりと養生し、養生が終わったら緑肥代わりの雑草と草木灰を入れて――

「そぉーれ、それそれそれぇー!!」

気合いのこもった掛《か》け声とともに、村の方にお借りした農具を使って、畑を思う存分耕した。それこそアローナに「もうちょっと落ち着いてください」と言われたくらいに。

ああ、畑を耕せる悦《よろこ》び……ッ！　楽しくて仕方がない！　私はむせび泣きそうになった。緑肥が効果を発揮するのに少し時間がかかるので、畑を耕した後は更《さら》に養生をした。その間に魔物討伐を進めておき、そうこうしているうちに私がお借りした以外の畑で秋の種植えが始まったので、そちらをお手伝いした。

村で育てる作物はライ麦と大麦。ライ麦は主食用、大麦はウンディーネさんへ贈呈《ぞうてい》するお酒用となる。

種植え前に、錬金術《れんきんじゅつ》の《分析《ぶんせき》》の魔法《まほう》で畑をチェックしたところ、土地属性が少しばかり濃《こ》い赤色になっていたことが判明した。ライ麦はともかく大麦はこれだと育ちにくいはずで、実際に村の男性陣《だんせいじん》に聞いてみたら、「確かに最近、育ちが悪いように感じます」との答えが返ってきた。

そこで、村長のハイモ様に許可をいただいた上で、石灰系《せっかい》の肥料――石灰窒素ではなく消石灰《しょうせっかい》――を投じて、土地属性の矯正《きょうせい》を実施《じっし》した。大麦畑の方は属性がほとんど白になるくらいまで調整、ライ麦畑の方も軽く石灰を入れて「薄《うす》い赤」くらいにしておく。

あと、私が神殿から持ち込んだ高度錬成《れんせい》肥料も入れさせていただいた。ライ麦は土地が痩せていても育つから、程々《ほどほど》に。大麦にはしっかり育つよう、それなりに。

この時期は家庭菜園でも種植えが始まる頃《ころ》で、そちらもお手伝いし、村で飼っている家《か》畜《ちく》のお世話や、そのフンを利用した堆肥づくりもお手伝いした。村ではヤギを飼っていて、そのお乳を使った料理も食卓《しょくたく》によく上るとか。

そういえば――料理好きのアローナが、村の女性陣《じょせいじん》にチーズやバターを使った料理を教えるようになっていた。村でもそうした料理はあったのだけれど、アローナのレパートリーはとても広くて、料理の幅《はば》が広がるということで女性陣からは大好評だった。

あと、最近はソラナさんの精霊《せいれい》術のお勉強を、私が微力《びりょく》ながらお手伝いさせていただいている。ソラナさん、今までは火属性のサラマンダーさんと対話することができなかったそうだけど、私の視点からアドバイスさせていただいたら、できるようになった。

「ジナ様！　できました！」

小さな火のトカゲ――サラマンダーさんが現れて、満面に笑《え》みを浮かべるソラナさん。

「お見事です、ソラナさん。――こんにちは、サラマンダーさん」

私がご挨拶《あいさつ》すると、サラマンダーさんは挨拶代わりに、空中でくるりと一回転した。

「でもジナ様、凄いですね。教わったイメージ通りにしたら、できちゃいました」

――つまるところ、火とはすなわち「熱」であるから、熱の流れを感じ取ってみてはいかがでしょう、とアドバイスしたのである。

「凄いのはソラナさんの方ですよ」

それだけでコツを掴《つか》んだのだから、ソラナさんは素晴らしい素質をお持ちだ。

ソラナさんのご両親からも「ジナ様が来られてから、娘《むすめ》が精霊術をしっかり勉強するようになりまして」と、感謝のお言葉をいただいた。お役に立てているようで嬉しかった。

こうした村の様子を見て、村長のご息女のサマンタさんがこうおっしゃった。

「先代のレーア様を悪く言うつもりは決してありませんが――ジナ様やアローナ様が来られてから、村が活気づいたように思います。ありがとうございます」

そしてサマンタさん、「これで若い人が増えてくれたら、何も言うことはないのですけれども」と、苦笑《くしょう》してつぶやいていた。

村でのお仕事が楽しいものだから、いつの間にか、私がお借りしている畑に投じた緑肥が最大の効果を発揮する「投入から二週間」を、軽く過ぎてしまっていた。急いで種植えの準備をする。

私がお借りした畑で植えるものは、村の皆さんにご相談の上、既《すで》に決めてある。

大麦、小麦、油菜、そしてジャガイモだ。大麦はウンディーネさんに贈呈するお酒用、小麦は換金《かんきん》用、油菜は村のお野菜に＋個人的に油が欲しいため、そしてジャガイモは村の食糧《しょくりょう》として実験的に、という具合。

大麦の種は村から買い取らせていただき――タダでもらうのは恐縮なので――、小麦、油菜、ジャガイモは私が神殿から持ち込んだものを使う。

土地属性は一部を除いて白色に矯正し、高度錬成肥料を入れ、多すぎる肥料分や不純物は、錬金術の《抽出《ちゆうしゆつ》》という魔法で抜《ぬ》きとっておく。

なお、ジャガイモだけは土地属性がやや赤寄りでないと育たないため、その畑には硫化《りゆうか》物《ぶつ》系の赤属性の肥料を投じて調整した。

畑の出来具合をノームさんに確認すると、

「聖女騎士さんが有能すぎて怖《こわ》いよ……！　二ヶ月足らずで畑を元《もと》に戻すなんて……！」

――逆に怖がらせてしまったみたい。あらあら。

「でもバッチリだよ！　オイラも、たくさん実るように手伝うから！」

土地の精霊から心強いお言葉をいただいた。これはもう豊作しか考えられない。

最後に畝《うね》を作って――いよいよ、その時がやってきた。

空を見上げれば、快晴の空がはるか高く、澄《す》んだ青色に染まっている。

朝晩の空気はすっかり冷たいものになっていて、季節の移ろいを文字通り肌《はだ》で感じる。

――なんとか間に合った。私は両手を組み、目を閉じて、主に感謝を捧げた。


「さてアローナっ！　時節は天高く種植える秋、今日は種植えの日ですよっ！」

私はいつもの作務衣《さむえ》を着込《きこ》み、段々畑の頂上に立って、力いっぱい叫《さけ》んだ。

「気合い充分《じゅうぶん》ですねぇ、ジナ様～」

アローナが応じる。彼女は「動きやすいから」と、略式の女官服――黒を基調とするワンピースのもの――を着ている。

アローナの隣《となり》にはソラナさんの姿も。お手伝いしてくれるとのことで、その健気《けなげ》なお心遣《づか》いに涙《なみだ》が出そうなほど感動した。ありがとうございますっ！

「では、お二人にはジャガイモの処理をお願いしますね。塗《ぬ》り込む草木灰はもう成分調整が済んでいますので」

「は～い。芽を避《さ》けて縦に割って、切り口に灰を塗り込む、ですね？」

「ええ、それで大丈夫です。——あら？」

視界の端に見慣れないものが見えたので、そちらを注視した。

村の門の付近に、一台の馬車が止まっていた。

「ん？　あの馬車の幌《ほろ》……あの紋様《もんよう》は神殿のものですね～」

同じものを見たアローナがつぶやいた。彼女の言った通り、馬車には神殿の紋《もん》——聖なる盾《たて》、剣、翼《つばさ》をモチーフにした紋様——が施されていた。

「増援《ぞうえん》……でしょうかね。アローナ、連絡《れんらく》は来ていましたか？」

「いえ、なかったはずですが……」

馬車の方を見ていたら——近くのお宅の隅《すみ》から、聖女騎士が一人、姿を見せた。

金髪《きんぱつ》をハーフアップにしてきれいに整えた、清楚《せいそ》で高潔な出で立ち。男性と遜色《そんしょく》ないくらいに背が高く、そしてスマート。貴族の令嬢《れいじょう》のような雰囲気《ふんいき》をまとう彼女は——

「まあっ、ジェリカ！」

——私の同期にして唯一《ゆいいつ》の親友の、ジェリカだった。

私はすぐに駆《か》け寄った。私の接近を知ったジェリカは身構えている。

でも私はお構いなしに抱《だ》きついた！

「ジェリカぁ～～～！　お久しぶりですぅ！」

「ちょっ⁉　い、いきなりなんなんですの‼」

むぎゅうと抱きつくけれど、感触《かんしょく》は聖女騎士の鎧《よろい》の金属質なもの。魔物の攻撃《こうげき》を防いでくれる堅固《けんご》な鎧も、この時は無粋《ぶすい》なものだった。

「というかあなた、そんな作務衣姿で！　聖女騎士が何をしているんですの⁉」

「え？　何って、種植えですけれど」

「何をさも当然とばかりにおっしゃっていますの⁉　聖女騎士が農作業なんて――」

「神殿ではいつものことでしたでしょう？」

「そ、そうですけれど！　私も巻き込まれたりしましたけれど！」

「ええ、お手伝いいただきまして、その節は本当に。ミミズさんを見せた時のジェリカの反応ったら、なんとも可愛《かわい》らしくて」

「ああもうっ、その記憶《きおく》は今すぐ消し去ってくださいませんこと⁉」

ああ懐《なつ》かしい。候補生時代はこんなやり取りばかりしていましたね。

「ところでジェリカ、今日はどのようなご用件で――はっ！」

不肖《ふしょう》ながら私、察してしまいました！

「あっ、いや、私はその――」

何か言い淀《よど》んでいるジェリカの右手を私はしっかかと握《にぎ》って、ジェリカがここに来た理由を、ズバリ言い当てさせてもらった。

「種植えを手伝いに来てくださったのですね⁉」

「……、はい？」

ジェリカが固まってしまっている。

ふふふ、ジェリカ、分かっていますよ？　それは図星の表情ですね！

「そうでしょうジェリカ？」

「あ、いや、私は」

「ああっと、取り繕《つくろ》わなくても大丈夫ですよ。私の様子を見に来ただけだとか言うのでしょう？　でも実際は私の農作業の過酷《かこく》さを慮《おもんぱか》って、応援《おうえん》のため馳《は》せ参《さん》じてくださった。そうですよね？　そのことは、私、ちゃーんと分かっていますからね」

「いえ、それは違いましてよ？　私がここに参りましたのは、ヴィクトリア様からしばらくこの村に駐在するように命じられただけであって」

「なんとっ‼　お師様が、私の農作業の過酷さを慮って、ジェリカを遣わしてくださったのですか⁉　ああ、主よ、素晴《すば》らしきお許らいに心からの感謝をっ‼」

「いや、そうじゃなく！」

「そうと分かってはのんびりしていられません！　ささささ、ジェリカ、聖堂の方に参りましょう！　作務衣に着替《きが》えて存分に種植えをしましょうねっ!!」

「ちょっと、ジナ！　違《ちが》いますのに――――！」

もうジェリカったら、いくつになっても恥《は》ずかしがり屋《や》さんなのですね。

分かっているんですから――ほら、こうして馬車にしっかり作務衣が入っていますし。

ジェリカを聖堂に連れていき、ぱぱっと作務衣に着替えてもらって、初対面となるソラナさんにジェリカを紹介《しょうかい》した。

「こちら私の同期で、親友のジェリカです！」

「し、親友!?　ちょっと、勝手に決めないでもらえませんこと!?」

慌《あわ》てるジェリカに向け、私は人差し指を左右に振ってみせる。

「分かっていますよジェリカ。あなたがむやみに友人を作らない理由、それは『己《おのれ》を高めるために自己を追い込《こ》むべく、敢《あ》えて周囲と距離《きょり》を置いている』――そうでしょう？　あなたのその孤高《ここう》な立ち居振《ふ》る舞《ま》いとひたむきな努力を、私は心から尊敬しています」

「よ、よく分かっているじゃありませんの」

「私もそうです、足りぬ足りぬは努力が足りぬ、失敗してもいい、その失敗を踏《ふ》み台《だい》にすれば、より高く飛び立てるのだから――これこそが私の原動力です。そう、だから、努力の大切さが分かる者同士、やはり通じ合うものがあるのですよ」

「いや、何を勝手に通じ合っているんですの⁉　ジナ、あなたは別のナニカと通じ合っているんじゃありませんの⁉」

「あらあら、ジェリカ。あなたはいつも本心を隠《かく》してしまいますね。いつも私のためをと思って、色々な心配りを仕込《しこ》んでくださいますのに」

「いや、ちょ、それは‼」

私はその数々を思い起こした。

「魔物討伐訓練の時は、いつも数字を水増しして私に伝えてくださいましたね。十体でいいところを、『先輩から、あなたは特別に五十体狩るようにと仰せつかりましたわ』と伝えてくださいます。それで本当に五十体狩ったら『誰がそこまでやれと言った⁉』と先輩が何故か大慌《おおあわ》てなさるのも、いつものことでしたね」

「いや、だから……！」

「トレーニングのメニューも、ジェリカに訊《き》いたらいつも増えていましたし。それで増えたメニュー通りにやってしまったら、あなたはいの一番に駆けつけてくださって、私に夕オルをくださいましたね。『努力バカがやりすぎて身体を壊《こわ》したら、目も当てられませんわ』と、優しく声をかけてくださいます」

「あああああ……」

「先輩から『お前、ジェリカにいじめられてるんじゃないか？』って聞かれることがしばしばありましたけれど、そんなことはありません。より一層努力するようにと、ジェリカは私を叱咤激励《しったげきれい》してくれているのです。

　安易な道と困難な道、どちらか選べと言われたら困難な道を選ぶ、それが私です。その私のことをジェリカはよく分かって――って、あらあらジェリカ？　うずくまって顔を覆《おお》って何をなさっているのですか？」

「ジナ様ぁ、それ以上はやめて差し上げた方がいいかとぉ……」

　うずくまったジェリカにアローナが寄り添《そ》っている。

　どうしてやめる必要が？　――と思っていたその時、すっと私に近寄ってきたのは、ソラナさんだった。

「ジナ様、ジェリカ様は、恥ずかしくて穴があったら入りたいのだとお察しします」

「あら、どうして？」

「だって、どんなに意地悪してもジナ様はノーダメージで、それでも意地悪を続けてたなんて、そんな子どもとしか思えない行動を暴露《ばくろ》されたら、普通《ふつう》は恥ずかしくて死んじゃいますよ？　それに、見るに見かねてタオルを渡《わた》すなんていう優しさも見せて……それってもう、友だちとしか思えませんから」

「なあああああああああああああああ!!」

ジェリカがよく分からない悲鳴を上げている。

恥ずかしがっているのかしら？　でも何が恥ずかしいのだろう？

私は不思議に思う。ソラナさんは完全に正しいことをおっしゃっているだけなのに。

「ソラナさん、私とジェリカは親友ですよね？」

「はい、私もそう思います！」

ほら、ソラナさんも分かってくださっている。私たちは親友なのですよ！

「ぬあああああああああああああ!!」

そうこうしていたら突然《とつぜん》、ジェリカが叫んで立ち上がった。

「もう結構！　昔話はそこまでしてよ!!　ジナ、早く私に仕事を割《わ》り振りなさい！」

「まあまあジェリカ、顔が真っ赤になるまで気合いを入れなくても、仕事はたんまりありますから」

「ちょっ、顔真っ赤とか、そんなこと——も、もうっ、余計なことは言わんでよろしくてよ！　さあ早く私に仕事を‼」

「はいはい」

「はい、は一回で結構ですわ！」

「はーい。じゃあ、私も気合い入れていきますか！」

――こうして、私たちは種植え作業を始めた。


最初に大麦を植える。あらかじめ作っておいた畝に、均等に削《けず》ったまっすぐな木の枝を埋《う》め込んで、溝《みぞ》を作る。その溝にパラパラと種を播《ま》いていく。条播《すじま》きというやり方で、村の皆さんのやり方を参考にさせていただいている。

「よいしょ、よいしょ、よいしょ、っと」

私は自身に《加護の祈《いの》り》をかけて身体を強化、テキパキと溝を作っていく。できた溝に、ソラナさんとジェリカが種を播いていってくれる。中腰《ちゅうごし》だとあっという間に腰《こし》に負担がかかるから、しゃがんだ状態でやってもらった。

この作業をしている時、懐かしい記憶が蘇《よみがえ》った。

神殿《しんでん》の庭の一角で、今みたいな畑仕事をしていると、皆から呆《あき》れられたものだった。手伝ってくれたのはジェリカくらいで、時々、手が空いたお師様が加勢してくださった。

そうそう、お師様のがさつぶりには苦笑を禁じ得なかった。本当に適当なんですもの。

そして――それよりもっと昔、私が4つくらいの頃に「畑のお手伝いしたい」と父にせがんだことを覚えている。小さな子どもだった私は、鍬《くわ》や鋤《すき》を持つことさえできなくて、父の傍《そば》で見ているだけだった。

あの頃は、私もただの村の娘でしたね……。

種を播いた後は、種の上に土を被《かぶ》せて、鍬に似た道具で軽く押さえていく。うまくいけば、五日程度で芽が出てくるはずである。

「はひぃ……やっぱり農作業って、疲《つか》れますね……」

大麦の種植えを終えたところで、既にソラナさんはお疲れのご様子だった。無理はいけないから、段々畑の頂上に腰かけていただいて、一休みしていただく。

「ジナ様は、ぜんぜん疲れてませんね……。凄《すご》いです」

「ええ、だって楽しくて仕方がありませんから！」

私は答えながら全身の筋肉を動かして、固まった体をほぐしていく。

――そんな私を見て、ジェリカがこんなことをボヤいていた。

「《加護の祈り》をぶっ通しでかけて、息一つ上がってないなんて。相っ変わらず体力も魔法力もお化けレベルですわね、まったく……」

——この評価はいつものことなので、私は褒《ほ》め言葉《ことば》と受け取っています。

「さ、ジェリカ、続きをいきますけれど、大丈夫ですか？」

「体力的にはもちろんですわ。あまり気乗りはしませんが、付き合ってあげましょう」

私とジェリカは小休止を挟《はさ》んで続けていく。

次は小麦。畝に10センチくらいの間隔《かんかく》をあけて、深さ4、5センチの穴を穿《うが》ち、そこに種を二、三粒《つぶ》入れていく。

「ほい！　ほい！　ほい！　ほい！　と」

私は畝と畝の間の溝にしゃがんで、指で穴を開けて、種を播いて、軽く土を被せる。小麦の発芽には十日から二週間ほどかかるというから、少し待つことになる。

ジェリカは畝をまたぐようにして立ち、中腰で作業をしている……あらあら。《加護の祈り》をかけているようだけれど、その姿勢はよくない。

「ジェリカー、中腰だと、腰をやってしまいますよー！」

遠くにいるジェリカに大声で呼びかけると、

「しん、ぱい、ごむよう！　ですわよーっ！」

と、これまた大きな声でかえってきた。そのまま作業を続ける。

「大丈夫かしら。……まあ、お任せしましょう」

彼女も子どもじゃないから、あまり口うるさく言っても怒《おこ》らせるだけでしょうし。私は作業を再開した。ほい、ほい、ほい、ほい、と。

——しばらくして。

「はぐわっ‼」

ジェリカの大きな悲鳴が。私は地面を蹴《け》り、石垣《いしがき》をはね飛びながら、段々畑の上の方にいたジェリカのもとに駆け寄った。

ジェリカは畝の上にうずくまって、左手で腰を押《お》さえていた。

「あららら。ほら、言わんこっちゃない」

「くうぅ……とんだ恥《はじ》さらしですわ、ぎっくり腰《ごし》だなんて……！」

「——ジェリカ様、大丈夫ですか？」

アローナもやってきてくれたので、

「アローナ、ジェリカをおんぶしますから、ゆっくりジェリカを起こしてください」

「あ、はーい」

私がジェリカの側でしゃがむと、

「心配ご無用と言ってるでしょ——ったあっ‼」

ジェリカが無理して立とうとして、腰の痛みに負けてまたも地面にうずくまることに。

「はいはい、無理をしないで。――アローナ、頼《たの》みます」

「はーい。ジェリカ様、少し痛むかもしれませんけど、我慢《がまん》してくださいねー」

「ぬわっ……うぐぐぐ……！」

けっこう痛むみたいだ。ゆっくりと、無理なくジェリカを移動させる。

「よっこいしょっと」

私はジェリカをおんぶした。彼女は私より身長が高い、けれども羽根のように軽い。

「じゃあ、聖堂のベッドに寝《ね》かせてきますね」

アローナに伝え、畑を出て、階段をゆっくり登っていく。

「小さいあなたに、おんぶされるなんて、屈辱《くつじょく》ですわ……」

私の右肩《みぎかた》の上にジェリカの顔があり、耳元でそんなことを囁《ささや》かれた。

「ふふ。でもこうやって、何度かあなたをおんぶして帰ったことはありましたよね。ランニングで勝負をした時とか、魔物討伐《まものとうばつ》訓練の時とか」

候補生時代を思い出す。思い出すたびに、私の顔には微笑《ほほえ》みが浮かぶ。

――訓練は大変だったけれど、ジェリカと一緒《いっしょ》にいると楽しかった。

「あなたが無茶《むちゃ》するから、私まで、無茶に付き合わされて……」

ジェリカが愚痴《ぐち》をこぼす。

「でもなんだかんだで、ジェリカは私に付き合ってくれますよね」

私が微笑《びしょう》で返すと、

「……そ、それは。努力バカを、放っておいたら、いつまで経《た》っても、帰ってこないし」

少し照れたのか、口ごもってしまう。ああ、いつものジェリカだ。

「それがあなたの優《やさ》しさなのです。だから私は、あなたのことを『親友』と思っているんですよ、ジェリカ」

「ふん、勝手になさいな。……特に反対はしないから」

階段を一つずつ、ゆっくり踏みしめる。

「それにしても、ジェリカ。やっとゆっくりお話ができますね。くじ引きの後あなたが逃《に》げてしまって、その後も私を避けるようにして早々に魔物討伐に行ってしまったから」

「あ、あれは。——その、」

「お師様の仕業《しわざ》でしょう？　あの人は本当にお人が悪い」

「し、知っていたの？」

「ええ、ジェリカが逃げて行った後、お師様から直接」

微笑が苦笑いになる。

「ジェリカ。あの時、私はあなたにお礼が言いたかったんですよ。あなたのおかげで、私に最も相応《ふさわ》しい務めをすることになりましたから。――よいしょっと」

階段の最後の段を登ると、微《び》苦笑《くしょう》から苦味が消えた。

「あなたのおかげで、この素敵《すてき》な村に駐在することになり、思う存分畑を耕すことができるようになりました。それだけでなく、あなたはこうして苦手な農作業も手伝ってくれる。本当に感謝していますよ、ジェリカ。どうお返ししたらいいか分からないくらいに」

「……お返しなんていらないですわ。親友、なのだから」

「あら、貸し借りに厳格なあなたが珍《めずら》しい」

「親友とはそういうものですわ。……逆に私が困っていたら、同じようになさいな」

「……そっか。そういうものなんですね」

胸が温かさで満たされる。彼女《かのじょ》に親友と認められたのが、こんなにも嬉《うれ》しいなんて。

ああ、それにしてもこのツンツンした態度の奥《おく》に潜《ひそ》む、溢《あふ》れんばかりの優しさ――これが分かると、ジェリカと関わるのが楽しくなるのですよ。

孤高の麗人《れいじん》などと言われて敬遠されがちですけど、私は知っていますよ、ジェリカ。あなたはとても優しい人です。

聖堂の私の部屋にジェリカをうつぶせに寝かせ、聖術の《快癒《かいゆ》の祈り》をかけておいた。一日安静にしていれば、明日の朝には動けるようになっているはず。

「なんとまあ。お労しやジェリカ様」

ジェリカ付きの神殿女官の方が、そう言いつつも少し呆れていた。

「ハンナ、これは私の自業自得《じごうじとく》ですわ。ジナは悪くありませんわよ。――ほらジナ、大好きな土いじりに戻りなさいな」

私のことをかばいつつ、しっしっと手を振って私を追い出すジェリカ。こういう複雑なところも彼女の『味』である。

ジェリカのお言葉に甘《あま》えて、私は農作業に戻った。

昼休憩を挟んで、午後からもやっていく。

「ジナ様、村の者たちの手が空きましたので、お手伝いしましょう」

サマンタさんが村の皆さんを連れてきてくださった。午後からは村の皆さんのお手伝いもいただくことになり、本当にありがたかった。

小麦を植えた後は油菜を植える。畝に浅く穴を開け、四～五粒の種を入れ、薄く土を被せる。そして充分に水を与《あた》える。数日で発芽するので、おそらく油菜が最初に顔を出すことになる。

最後にジャガイモ。畝にやや深めに溝を掘《ほ》って、30センチくらい間隔を開けて、切り口を下にして種芋《たねいも》を植えていく。大半はこのやり方で植えた。

一部分は逆さ植えにしてみた。切り口を上に、芽の部分を下にして植えるやり方だ。農業錬金術を教えてくださったシオン先生曰《いわ》く、「リスクはあるが、もし芽が出たら力強い芽だけが地面に出てくるから、収穫量《しゅうかくりょう》が増えやすくなる」とのこと。

逆さ植えは深さが重要で、種芋の覆土《ふくど》が5から7センチになるように調整しないといけない。神殿から持ってきた定規をあてがって、慎重《しんちょう》に調整した。

後は土をかぶせれば完了《かんりょう》。畑の表土を覆う藁《わら》が必要で、それは明日やろうと思う。うまくいけば、早ければ十日、遅《おそ》くとも一ヶ月ほどで芽が出てくる。

――なんとか、日没《にちぼつ》までには種植えを終えることができた。手伝ってくださったソラナさんはじめ、皆さんに感謝をお伝えした。

「皆様《みなさま》、種植えをお手伝いくださいまして、本当にありがとうございました。とても助かりました」

すると、サマンタさんがこう返した。

「いや、ジナ様がほとんどされてたじゃないですか」

皆さんの笑いを誘《さそ》う。「そうそう」とうなずく声も。

「そうであっても、村の皆様のお力あってこそです。村の皆様とご一緒に作業をさせいただいたことは、私にとってとても嬉しい経験となりました。ありがとうございます」

丁寧《ていねい》にお辞儀《じぎ》をさせていただいた。

最後に、ソラナさんに精霊術を使っていただき、ノームさんにご報告を。

「ノームさん、種まきが終わりました。いかがでしょう?」

ノームさんのお答えは――

「全部バッチリだよ! ありがとう!」

最高のものだった。私含《ふく》め、村の皆さんが歓声《かんせい》を上げた。

「後はオイラに任せて! あ、でも、肥料が足りなくなったらお願いするかも」

「そこはお任せください。準備はバッチリです!」

高度錬成肥料はまだあるし、素材があれば再生産もできる。

――ということで、今日の作業は終了《しゅうりょう》。

「ソラナさん、たくさんお手伝いいただいて、本当にありがとうございます」

「いえいえ、お礼だなんて。私もジナ様のお手伝いができて楽しかったです!」

声をかけると、ソラナさんは笑って答えてくださった。ただ、笑みに疲れが滲《にじ》んでいる。

それを察したのか、アローナからこんな提案が。

「ソラナちゃん、今日はたくさん頑張《がんば》ってくれましたし、一日の疲れを取るために、聖堂のお風呂《ふろ》に入っていきませんか~?」

「あら、それは名案」と私。

「ええっ⁉　いや、わ、わ、私なんかが聖女騎士《きし》様のご聖堂に行くのは……」

ソラナさんがアワアワと慌てている。

「ぜーんぜん問題ないですよ～」とアローナ。「あ、そうだ、お手伝いしてくれたお礼に、ご飯もご一緒にいかがでしょう～。ジナ様、どうですか～？」

私は力いっぱいお答えさせていただいた。

「それはもう、是非《ぜひ》！」

「は、はうぅ……で、でも、いいのでしたら、お願いします……」

「――決まりですね！」

ソラナさんはいったんご自宅に戻り、ご両親へのご報告と、着替《きが》えを取ってこられるとのこと。その間にこちらも準備をしておく。

「――ジナ様、アローナ様、今日はよろしくお願いします！」

聖堂に来られたソラナさんを笑顔《えがお》で出迎えて、最初にお風呂へお連れする。

脱衣《だつい》所で服を脱《ぬ》ぐ。私の身体を見たソラナさんが、びっくりしていた。

「ジナ様……身体つきが、しっかりしてますね」

「？　そうですか？」

確かにソラナさんと比べると、私の身体には筋肉がついている。でも筋肉モリモリという感じでもない。

「私なんて、細くて丸っこくて……」

「あら、それが可愛らしくていいじゃありませんか。それにお胸は」

「ひえぇぇぇ!!　ジナ様、そこは見なくていいですぅ！」

あらあら、恥ずかしがって。私よりお胸が大きいじゃありませんか。

「というか……ジナ様、恥ずかしくないのですか？」

「？　何がです？」

「そ、その……私なんかに、肌を、見せて……」

「いいえ、全然。女同士ですし、恥ずかしがることはありませんから」

「そういうものなのですね……」

裸《はだか》になったところで私は髪《かみ》を解いた。普段《ふだん》から、前髪《まえがみ》以外を集めて三つ編みにして、頭の後ろでくるりと巻いている。私としては短い方がいいのだけれど、聖女騎士は戒律《かいりつ》で髪を伸《の》ばすことになっているから、切りたくても切れないのだった。

「ふわあ……髪もきれい……。金色で、ふわふわしてて」

「触《さわ》ってみます？」

「い、いいんですか？　じゃあ……」

ソラナさんが私の髪をもふもふしてくれる。ああ、心地《ここち》がいい。

「ああ……ずっとこうしていられます……」

「ふふ、お気《き》に召《め》したようで何よりです。――そろそろ入りましょうか」

「あ、はいっ」

タオルを手に、扉《とびら》を開けて浴室へ。

洗い場に浴槽《よくそう》、そして壁《かべ》――いずれも石造りで、丁寧に漆喰《しっくい》を塗られ、平らに均《なら》されている。洗い場には使い古《ふる》した木製の足場と、椅子《いす》と、桶《おけ》がある。

広さはそこそこあって、二人一緒に身体を洗っても狭《せま》くないくらいだ。

「まずは身体を洗いましょうね。それから浴槽へ」

「はい……」

おずおずとしているソラナさん。

「どうしました？」

「いえ、私、お風呂に入るの初めてで……。家では身体を拭《ふ》くだけでしたから」

「あら、そうでしたのね。ではこの機会に経験してみましょう」

お湯を桶ですくい取り、タオルを桶のお湯に浸《ひた》して、タオルに石鹸《せっけん》を染《し》み込ませ、身体をゴシゴシ洗っていく。

身体が終わったら、洗髪液《せんぱつえき》で髪を揉《も》むように洗っていく。

桶ですくったお湯で泡《あわ》を洗い流せば終了。浴槽に髪を浸すのはマナー違反《いはん》だから、簡単に髪をまとめたら、後はお湯に浸《つ》かるだけ。

私が先に入って、ソラナさんのお手を取りつつ、ソラナさんも浴槽へ。肩《かた》を並べて浴槽に腰を下ろした。

「ふわぁ……あったかくて気持ちいいです……」

「でしょう？」

お湯に浸かる心地よさを知ると、これが不思議とやめられなくなるものだ。

「ジナ様は毎日、お風呂に入ってらっしゃるのですか？」

「聖堂に駐在《ちゅうざい》する際には、基本的に毎日入るようになっています。聖女騎士は身ぎれいにしていないといけなくて。――決まり事が多いのですよ」

「はあ……」

「けれど――戒律を抜きにしても、お風呂には毎日入りたいですね。これがないと疲れが抜けない身体になってしまいまして」

伸びをする。んん～、と思わず声が出た。

「村の他の方たちも、ソラナさんのように身体を拭かれるだけなのでしょうか？」

「多分、そうだと思います。聖堂にお風呂があること自体、知らない人が多いかと」

「あら、そうなのですね」

――ここでふと、思い立ったことがある。

「であれば、村に大浴場を作る手もありますね」

「だい、よくじょう？」

「ええ。神殿にもあるのですが――あれほど大規模で豪勢《ごうせい》なものは無理としても、この聖堂のお風呂を大きくしたようなものを作って、皆《みな》さんで入れるようになったらいいなと思います。幸い、村は水も木も豊富ですし」

「水は分かりますけど、木はどうして……」

「浴場の建屋となる木材が必要ですし、お湯を沸《わ》かすのに燃料が必要ですからね」

「あ、なるほど。確かに」

「とはいえ、燃料が薪《まき》だと限りがありますからね。錬金術《れんきんじゅつ》で錬成《れんせい》した魔法《まほう》石を使うのも手ですね――」

色々考えていると、楽しくて笑《え》みが漏《も》れた。

「ジナ様？」

「いえ、村を発展させることを考えるのが、とても楽しく感じまして」

農業以外の分野でも、村を発展させたいと思うようになっている。不思議なものだ。

それはきっと、この村がとても素敵な場所だからだろう。

「ジェリカには感謝しないといけませんね」

「え？」

「いえ、私がこの村に着任することになったのは、ジェリカのおかげでもありますから」

「そうなのですね。きっとジナ様のことを考えて、なさったんでしょうね」

ちょうどその時、浴室の扉がノックされた。

「失礼しますわよ」

噂《うわさ》をすれば影《かげ》がさす、と言うけれど――本当だった。そのジェリカが、一糸まとわぬ姿で浴室に入ってきた。

高身長でスリムな身体つきの彼女だけれど、お胸とお尻《しり》の主張は強めだ。

「あらジェリカ、あなたも？」

「ええ。おかげさまで腰の具合はだいぶよくなりまして、療養《りょうよう》を兼《か》ねて入るようにハンナに言われたのですよ。――ん、どうなさいました？　私の身体に何かついているかしら？」

ジェリカがソラナさんに向けて声をかけていた。そのソラナさん、ジェリカをじ～っと見つめている……。

「――負けた」

ソラナさんが一言。

「『いや、何にです？』」

私とジェリカ、はからずも同じ問いを投げかけることになった。

「いえ、なんでもないです……」

若干《じゃっかん》しゅんとされたソラナさん、今度は自分のお胸をご覧になっている。

――はて？　村では女性のお胸の大きさを比べる風習があるのでしょうか？

「ところでジナ、改めてということになるけれども、そちらの方を紹介してくださる？」

椅子に腰かけ身体洗いの準備をしつつ、ジェリカが言った。

「そういえば、きちんとした紹介がまだでしたね。――こちらはソラナさん、村の精霊使《せいれいつか》いの家系の方で、私の務めのお手伝いによく来てくださる方です」

「あの、ソラナです。よろしくお願いします」

ジェリカは柔和《にゅうわ》に微笑み、

「私はジェリカ、神殿より遣《つか》わされた聖女騎士です。お見知りおきを」

きちんと挨拶《あいさつ》をしてくれた。このあたり、ジェリカはしっかりしている。ソラナさんは恐縮《きょうしゅく》した様子で「こちらこそ」と返していた。

「ところで、ソラナ。程《ほど》よいところで風呂から上がった方がよろしくてよ」

「え？」

「ジナは長風呂《ながぶろ》で有名ですから。ジナに付き合うと、のぼせてしまいますわよ」

「のぼ、せる？」

お風呂が初めての方には分からないか。私が解説した。

「長く湯船に浸かっていると、身体が温まりすぎてくらくらしてしまうのです。全身が充《じゅう》分《ぶん》温まったと感じたら上がるのがベストですよ」

「はあ……。じゃあ、ジェリカさんの身体洗いが終わりましたら、私は……」

「あら、程よいところで大丈夫《だいじょうぶ》ですよ。もしジェリカが浴槽に浸かるスペースを気にしておられるのなら、こうすればいいのですし」

浴槽はちょうど二人分。このままではジェリカが入るスペースがないので、私はソラナさんの腰を持って、

「よいしょ」

「ひゃあっ」

ソラナさんを持ち上げ、私の脚《あし》の間に。ソラナさんを後ろからだっこする。

「じ、じ、ジナ様？」

「んー、ソラナさんは柔《やわ》らかくて温かいですねぇ」

「はうぅ……」

誰《だれ》かをだっこするのは久しぶりですね。それこそ――

十年ぶりくらい、だろうか？　最後にこうやって抱《だ》きしめたのは、妹……。

――胸が締《し》めつけられる。私を見上げて微笑んでくれたあの娘《こ》はもう――

「ジナ」

ジェリカの呼びかけで、我に返る。

「ソラナが困り果てていますわよ。そろそろ解放して差し上げなさい」

「あらら。ソラナさん、困っていますか？」

「こ、困ってはないですけど、その……あの……は、恥ずかしくて……」

「恥ずかしい？　そんなことありますかね？　親愛の証として、私はジェリカにも抱きつきますし、別に女同士ですから特に問題は……」

「そーゆーところですわよ、ジナ。まったく、スキンシップに遠慮《えんりょ》がないのだから」

「遠慮はありますよ。殿方《とのがた》にはこのようなことは致《いた》しませんから」

男性への接近は戒律で禁止されているので。

とはいえ、ソラナさんも少しお困りの様子だから解放した。少し残念。

「あの、私、もう上がりますね。少し頭がぽわぽわしてきました……」

「あら、それは大変。では――」

アローナを呼ぼうとしたら、

「――ハンナ」

ジェリカがぱんぱんと手を叩《たた》く。扉の向こうから「御用《ごよう》でしょうか」とハンナの声が。

「ソラナ嬢《じょう》がお風呂から上がりますから、そのように」

「かしこまりました」

ジェリカは何事もなく身体洗いを再開する。

――ジェリカは貴族の出自。幼い頃《ころ》に神殿に預けられたので、お家で貴族令嬢《れいじょう》としての教育を受けたことはないそうですが……でも所作が板についているというか。

そういうところは格好《かっこ》いいなと、私も思いますね。

「ではソラナさん、お先にどうぞ。私は長風呂ですので」

「あ、はい。それではお先に……」

お風呂から上がったソラナさん、ジェリカに小さく頭を下げて、浴室を出たのだった。

私は目を閉じて湯船に浸かり、疲れを癒《い》やす。

そのうちジェリカが入ってきて、私の隣《となり》に腰かけた。

「ところでジェリカ。この村に来たのは、種植えの他に何か務めを承《うけたまわ》ってのことですよね？」

「そもそも種植えは関係ありませんわ」

ツンとした態度で言い放つジェリカ。

「先程《さきほど》も言いましたが、ヴィクトリア様から直々に『別命あるまでラーベル村に駐在せよ』とご下命をいただいてのことです。本当はご本人が直々にお越《こ》しになりたいとの仰《おお》せでしたが、十二聖としてのお立場をお考えになって、ご自重なさっていましたわ」

「あら。まあ、その気になったらすっ飛んでくるでしょうけれど」

「……そーゆーところ、本っ当に『あの師あってこの弟子《でし》』って感じですわね……」

呆れるジェリカ。

「ま、私としても、この地の駐在は望むところですわよ」

「ジェリカ、それは農作業の話ですか？」

「私の使命は魔物の討伐です。いい加減理解なさい農業バカ」

しっかり教《おし》え込《こ》むような口調でジェリカは言い、まったくもうとばかりに吐息《といき》して、

「ここからは真面目な話ですが――オステンデル辺境伯領《このあたり》の魔物の数は異常ですわ。私、ここに来る前に辺境伯領の南部で魔物討伐をしておりましたが、その際は、私ごとき新人聖女騎士が一人参じただけで、大歓迎《だいかんげい》される有様でしたのよ」

「ごときって、またご謙遜《けんそん》を」

「謙遜ではなく事実を申したまでのことですわ」

またまたジェリカったら。彼女、私がいなかったら首席の成績でしたからね。

こと魔物討伐に関しては、彼女の方が格上。私はただ倒《たお》すだけだけど、彼女は魔物の種類やその発生状況《じょうきょう》を分析《ぶんせき》して、魔物の発生源である《迷宮《めいきゅう》》を的確に見つけ出すことができる――しかも迷宮封《めいきゅうふう》じもお手の物。見事なものですよ。

「ひとまず、現地の兵士や聖女騎士が一息つける程度までは狩《か》り尽《つ》くして参りました。ですが……また増えるでしょうね。迷宮を見つけ出せなかったのが悔やまれます」

「南部にはどれくらいの期間、滞在《たいざい》されていたので？」

「二週間ですわ」

「二週間では無理でしょう」

「ええ。あと二週間あれば確実に見つけ出せましたから、それが悔やまれます。――ああ、あと一応お伝えしておきますけれどね、南部ではミノタウロスが出現しましたわ」

「！」

それは驚《おどろ》きの情報を。

「あのクラスの魔物が出たとすれば、中級以上の魔族《まぞく》が動いていますね」

私が言うと、ジェリカは静かに首肯《しゅこう》した。

「私がこの村に遣わされたのは、そのこともあってのことだろうと勝手ながら思っております。いずれにせよ、あのクラスの難敵がこの村にも来るかもしれませんから、農作業に夢中になって警戒《けいかい》を怠《おこた》るようなことがないようにね、ジナ」

「ええ、それはもちろん。ありがとうございます、ジェリカ」

魔物のことは気になるけれども、気と身体を休めることもまた大切なこと。私とジェリカはじっくりお風呂に浸かって、心身を休息させた。

お風呂の後は夕食。ソラナさんを招いてのものだったので、アローナが腕《うで》によりをかけて作ってくれていた。

「今日はボルシチにしてみました～！　少し前に村の方からテーブルビートをいただいたので、使うなら今でしょ！　と思いまして～」

濃厚《のうこう》な赤紫色《あかむらさきいろ》のスープの中に、いろんな食材が入っている。おいしそうだ。

「実は隠《かく》し味《あじ》も入ってますから、どうぞ召し上がれ～！」

「ありがとう、アローナ」

代表して私が主に感謝の祈りを捧《ささ》げ、さっそくいただく。

とろりとした味わい。酸味の主張が強いけれど、程よい辛《から》さと様々な具材の旨味《うまみ》が混ざり合って、とてもおいしい。野菜の歯ごたえもまた絶妙《ぜつみょう》、さすがですね。

「んっ！」

私の隣でもぐもぐしていたソラナさんが、目をくわっと見開いている。

その瞳《ひとみ》のまま咀嚼《そしゃく》して呑《の》み込んだソラナさん、恐《おそ》る恐るアローナの方を向いて尋《たず》ねた。

「アローナさん……もしかして、お肉入ってますか……？」

「はぁい！」アローナは満面の笑み。「これも少し前ですが、フーゴさんに塩漬《しおづ》け肉を頼んでいましてぇ。使うなら今でしょ！　と思いまして、それが隠し味です〜！」

「ふえぇ……そんな高級食材を……」

「大丈夫ですよ、いつも頑張ってくれているお礼ですから〜！」

——お肉は基本、上流階級の食材だ。農民であれば、感謝祭などのお祭りの時くらいにしか出ないものである。

ちなみにフーゴさんというのは、村に出入りしている行商人の方《かた》だ。ラーベル村出身の若い男性の方で、村に必要なものをタッケンの町などで仕入れて、それを村で販売《はんばい》することで生計を立てておられる。

私も一度フーゴさんのお世話になっている。どうしても硫黄《いおう》石と白燐《はくりん》石が欲《ほ》しかったので、町の錬金術師《れんきんじゅつし》から購入《こうにゅう》できないかご相談したのである。

フーゴさん、目を丸くして「何に使うのですか?」とおっしゃっていましたね。ええ、この二つが肥料としてたいへん役立つもので、正確には硫酸《りゅうさん》カリウムと熔《よう》リンですが――ともかく無事に仕入れることができまして。ありがたいことです。

和《なご》やかな空気の中で食事が進む。神殿にいた頃の昔話をして、ジェリカが時々顔を真っ赤にする様も見られて、なかなか面白《おもしろ》かった。

ソラナさんをお迎《むか》えに来られたお父様に、アローナがお菓子《かし》をお土産《みやげ》としてお渡《わた》ししていた。私も一緒にお見送りする。

さて、あとはお祈りを捧げて眠《ねむ》るだけ――だったのだけど、一つ問題が。

「ときにアローナ、ベッドはどうしましょう?」

聖堂の就寝室《しゅうしんしつ》は二部屋しかなく、ベッドも単身用が二つだけ。

一応、野宿用の装備もあるのだけれど――

「それなら大丈夫です、私が馬車の荷台で寝ますから～」

とアローナがさらっと答えた。ハンナも「私も馬車で大丈夫です」と回答。

「いいのですか？」

「聖女騎士を差し置いてベッドで寝たら、破門されちゃいますって」

アローナがたははと苦笑いする。なんだか申し訳ないけれど、私はそのままベッドを使わせてもらい、アローナが使っていた部屋でジェリカが寝ることになった。

明かりを消すと、私はすぐに眠りについた。

◆

俺《おれ》はガーゴイル、中級魔族なのだが――

「なんだとう⁉」

信じがたい報告を受け、声を荒《あら》げることになった。

「もう一度言ってみろ、それは確かなのか⁉」

報告に来た下級魔族が、地に伏《ふ》して報告した。

「は、はい、ガーゴイル様！　タッケンの隣にある小さな村を攻《せ》めておりました我《わ》が同族二名と、連絡《れんらく》が取れない状態です。おそらく、聖女騎士に討《う》ち取られたものかと……」

「よく探したのか⁉」

「もちろんでございます！　そうしましたら、ガーゴイル様から賜《たまわ》りましたヒュドラの姿もなく、それに、ゴブリンどもに作らせました拠点《きょてん》も粉々になっておりまして、そこにいた魔物も、すっかりいなくなっておりました」

「バカな!!　あんな小さな村に、それほどの聖女騎士がいるとでもいうのか!?」

「それが、よく分からなくて。斥候《せっこう》を放っても戻《もど》ってくる者はおらず、ゴブリンやオークどもも、怖《こわ》がってあの付近には近寄ろうとしないのです。何百もいた同胞《どうほう》がいなくなったと、すっかり怯《おび》えてしまっており……」

「ぐぬぬ……っ!!」

ある程度の犠牲《ぎせい》は計算していたが、殲滅《せんめつ》はまったくの想定外だった。

だが、悪い知らせばかりでもなかった。

「しかし、あの村の聖女騎士に関しては、虜《とりこ》にした人間から少しばかり話を聞くことに成功しました」

「む、なんと言っていたのだ」

「先代の聖女騎士が引退し、新しい聖女騎士になったこと。その聖女騎士がたいそうな働き者で、タッケンの町でも評判になっていること。――以上であります」

「聖女騎士が交代した、か……。クソ、それは計算外だったな」

今の計画は、交代する前の聖女騎士が村にいること――すなわち、聖女騎士は結界を守るばかりで表に出てこず、魔物討伐は兵士に任せっぱなしの状態であること――、それを前提に立てていた。

この下級の話が事実であるなら、その前提が狂《くる》ったことになる。

――考えろ。呆然《ぼうぜん》とするな。後戻《あともど》りはできないのだから。

しばらく考え込み、俺は決断《かんが》した。

「計画に変更《へんこう》はない。むしろこちらの計画に感づかれる前に行動に移すべきだ。タッケンを落とすべく、予定通り作戦を実行に移すぞ。虜にした人間どもから結界石の位置は聞き出しているな？」

「は、その点はぬかりなく。人間どもはその村――ラーベル村とかいうそうですが、そちらを守ることに集中しているようで、結界石への警戒は薄《うす》れている模様です」

「ほほう、悪くない話だ。戦力を無駄《むだ》にせずに済んでよかった」

こちらの犠牲をよい方向に捉《とら》えたくなるほどに、俺も俺で焦《あせ》っていた。

実のところ、今、作戦を実行に移すのは無謀《むぼう》に近かった。人間どもに結界石を破壊《はかい》できるかどうかのテストがろくにできておらず、一発勝負になる。

――時間さえあればもっと確実にやれたものを、と悔やまれる。

しかし上級の方からのご命令は絶対。ボヤいても仕方がない。

むしろこれは好機でもある。南の方では、他の中級魔族《どうぞく》が物量攻《ぜ》めをしているものの、人間の兵士や聖女騎士の活躍《かつやく》もあってかなりてこずっていると聞く。

この膠着《こうちゃく》した状況の中で、俺が成果を上げることができれば……出世レースで一つ抜《ぬ》きん出ることができる。上級の方も、一目置いてくださるだろう。

「準備ができたら計画を実行に移す。予定通り、虜にした人間どもは村に数名送り、残りはタッケンに送って破壊活動をさせる。タイミングは追って連絡する故、他の連中にもその旨《むね》伝えておけ。

それと例の村については、俺が直々に出て聖女騎士を村から出さぬようにしようと思う。町へ救援《きゆうえん》に向かうのを防がねばならんからな。貴様には手持ちのミノタウロスをすべて預ける故、確実にタッケンの町を破壊せよ。よいな?」

「ミノタウロスを……！　承知しました、必ずや果たしてみせます！」

いよいよ勝負の時だ。

人間どもの表現を借りるのならば——ガリアン橋は既《すで》に渡った、もう後には戻れない、といったところだな。

第四章

私がラーベル村に着任して、早くも二ヶ月ほどが経過した。

ここでの生活、一言で言うなら――とっても素晴《すば》らしくて最っ高です！

秋に植えた作物たちは、油菜、大麦、小麦と順調に芽吹《めぶ》き、村が植えたライ麦も活《い》き活きと新芽を広げてくれた。

後はジャガイモが芽吹けば、オールコンプリート！

各《かく》ご家庭の家庭菜園も順調なようで、収穫《しゅうかく》が今から楽しみだ。

そうそう、村で飼っているヤギさんたち、今がちょうど子作りのシーズンのようで。順調にいけば来年の春には新しい命が生まれるそう。

アローナの料理教室も好評だし、ジェリカが魔物討伐《まものとうばつ》を率先《そっせん》して請《う》け負ってくれるから私は安心して農作業に取り組めるし。

もう、いいことずくめです。

――ああ、主よ。私、こんなにも幸せでよいのでしょうか？　身に余る幸福を頂戴《ちょうだい》することができ、主の御業《みわざ》と御恵《みめぐ》みにただただ感謝するばかりであります。

——この幸せが、どうか、いついつまでも続きますように。グロリア。

このように、感謝の祈《いの》りを捧げることが多くなったように思う。

そんないいことばかりの日々を過ごさせていただいている私だけれど——懸念事項《けねんじこう》がまったくない訳ではなく、そして、思いもよらぬことも起きたりもした。

少し振《ふ》り返ってみようと思う。

目下の懸念は、神殿《しんでん》女官二人が馬車で寝泊《ねと》まりをしていることだ。

ジェリカとハンナの駐在は長引きそうで、村で越冬《えっとう》することがほぼ確定となった。

村の方に伺《うかが》ったところ、山間部にあるラーベル村の冬は相当に冷えるらしく、雪もそれなりに降るようで、雪かきが一苦労という話もあった。

そんな冬に馬車で寝泊まりしていたら、必然、凍死《とうし》の可能性が出てくる。

したがって早急《さっきゅう》に、居住室の寝室《しんしつ》に寝台《しんだい》を二つ増設するか、女官用の寝室を作る必要があったのだった。

その件については、早い段階で村長のハイモ様にご相談申し上げている。

「大工……で、ございますか？」

「ええ」私は首肯した。「聖堂の居住室が手狭《てぜま》でして、今は気候的にも大丈夫ですが、冬になると間違《まちが》いなく大変なことになるでしょうから、なるべく早急に、二人分の寝台もしくは寝室を増設したいと考えております。そのような訳で、村の大工様にお仕事を依頼《いらい》させていただきたく参じた次第《しだい》です。報酬《ほうしゅう》はきちんとお支払《しはら》い致しますので」

「左様でございましたか。私どもと致しましても、是非ご要望にお応え致したいところなのですが……残念なことに、この村には今は大工がおらず……」

「そう、ですか」

一瞬《いっしゅん》、暗雲が空を覆《おお》うかのように思われたものの、

「――ですが、タッケンの町の大工に依頼することは可能です。私の方で紹介文《しょうかいぶん》を書かせていただきましょう。聖女騎士様たってのご依頼とあれば、すぐにでも来るはずです」

「それはよかった！　ありがとうございます、ハイモ様！」

――暗雲は一瞬で吹《ふ》き飛んだ。冬は近いので、この件は最優先で取り組もうと思う。

せっかくだから、その時一緒《いっしょ》に大浴場の見積もりもしていただこうかと思う。場所とか給排水《きゅうはいすい》のルートとか費用とか、諸々《もろもろ》含めて見通しを立てておきたい。

ハイモさんはすぐに手紙をしたためてくださり、連絡クリスタルを用いてタッケンの聖堂に転送、大工さんにお渡しする流れとなった。

後日、お返しの手紙があり、大工さんはすぐに村に来てくださることになった。たまたま手が空いていたそうで、これも主のお計らいだと思い、感謝を捧げた。

程なくして、大工さんたち三人が村に来られた。

大工の皆さんとお話し合いをさせていただき、結果、聖堂の物置小屋になっている納屋《なや》の隣に、新たに寝室を作ることで決まった。部屋の広さは「窮屈《きゅうくつ》に感じない程度」でよく、その大きさなら冬までには間に合うだろう、とのお見積もりも頂いた。また、作業は余裕《よゆう》を持ってふた月取りたいということで、その間は村の空き家でお住まいいただけるよう手配することになった。

その時に、「釘《くぎ》やボルトが使えないので、少し余分に時間がかかる」と親方さんがおっしゃっていた。理由を聞いてみると、

「それが、最近は鉄製品が手に入らない状態でしてね。ほら、東部辺境全体で魔物の数が増えてるでしょう？　それの対応で領主様が兵隊を増やしてて、一緒に武器防具も大量発注なさってるもんですから、鉄の値段がべらぼうに上がってんですわ」

魔物の大量発生の影響《えいきょう》が、こうしたところにも出ていることを知った。更《さら》に、

「そして――こいつはお恥《は》ずかしい話になっちまうんですが、あっしらの大工道具も、もう交換《こうかん》しなきゃならねぇもんがあるんですが、買い替《か》えができてなくて。特にノコギリが

ひでぇ有様なんですよ。村にノコギリがあるなら借りてぇと思ってるぐらいで」

「なんと……それは大変ですね、でしたら、私の方で村の皆さんに声をかけてみることにしましょう」

「助かります。ただ、こっちもこれで稼《かせ》いでる身です。聖女騎士様には絶対迷惑《めいわく》かけねぇようにしますんで。冬になるまでに必ず完成してみせます。任しといてください！」

力強く微笑《ほほえ》む親方さんに助手さんたち。この方々のお力になれるよう、私もできることをしようと思った。

私は、村の方にノコギリをお借りできないか声かけをさせていただき、結果、ソラナさんのお父様のギードさんから、バックソーという弓に似た形のノコギリをお借りすることができた。

「ありがとうございます！　大切に使わせていただきますんで」

親方さん、まるで聖剣《せいけん》を拝領した聖女騎士のごとく、ノコギリをうやうやしく受け取っておられた。言葉遣《ことばづか》いは荒いけれども、礼儀《れいぎ》はしっかりしているお方だと思う。

他にも村から道具をいくつかお借りできた。道具の問題はなんとかなりそう。

ただ——鉄が手に入らないという話は、私にとっても少し悩《なや》ましい問題となった。

というのも、私は私で、農具を村からお借りして畑仕事をしている状態で、自分専用の農具を持ちたいと思っていたところだった。でもこの分だと無理そうで……。

「魔法鉄があれば、農具でも大工道具でも錬成できるのですけど……」

聖堂に戻った私は、思わず愚痴《ぐち》をつぶやいていた。

「まほうてつ？」

聞き慣れない言葉だったのか、アローナがきょとんとした。

「魔法に対する反応性が極《きわ》めて高い鉄のことです。魔法効果を簡単に付与《ふよ》できますし、魔法で形状を変えることも、また形状が変わらないように硬質化《こうしつか》することも簡単です。私たちが使う聖剣の原料・破邪銀《アルギロス》にも、魔法鉄が使われていますよ」

「へぇ、そういうのがあるんですね～」

「ただ、これもこれで入手困難なのですよ。上級錬金術師が錬成するか、魔物の鉄巨人《きょじん》から強奪《ごうだつ》するかしかないので」

シオン先生も「さすがに魔法鉄そのものの錬成方法は教えられない」との仰せだった。特別な資格がいるらしい。よって私が魔法鉄を調達するなら、上級錬金術師に高額の報酬と引き替えに製作をお願いするか、鉄巨人を倒すかしかなかった。

「でも鉄巨人って……聖女騎士《きし》でも数人がかりでやらないと危ないって言われますよね？」

「ええ。まあ私の場合は、お師様に裏技《うらわざ》を教えていただいたので楽勝ですが」

「わ～……さすがジナ様にヴィクトリア様……」

アローナは乾《かわ》いた笑いを浮《う》かべていた。

「まあそんな訳ですから、鉄巨人が現れてくれないかなぁと」

「魔物との遭遇《そうぐう》を期待しちゃダメですよぉ、ジナ様ぁ～」

もちろん、そんなことになったら村に危害が及《およ》びかねないので。

なんにせよ、自分専用の農具は当分先の話になりそうだった。

そうこうしていると、今度はソラナさんのご両親がやってこられた。

かなり深刻な面持《おもも》ちでいらっしゃったので、何事かと思いきや――

「娘が本当にお世話になりっぱなしで。何かお返しができればと思いまして。私どもにできることでしたらどのようなことでもさせていただきたく思いまして、参った次第です」

――というお話だった。申し訳ないけれど拍子抜《ひょうしぬ》けだった。

お二人には聞こえないところで、アローナとつぶやき合う。

「ソラナさんへの善意、やりすぎましたかね？　アローナ」

「ん～、やりすぎちゃったかもですねぇ……」

ソラナさんが来るたびに、私は目一杯《めいっぱい》可愛《かわい》がり、アローナは料理を振る舞《ま》っていた。そのせいだろうと思う。

「でもアローナ、ソラナさんって可愛《かわい》いから、ついやっちゃうんですよね」

「そうなんですよぉ～。ソラナちゃんが可愛くて、つい……」

こちらとしては文字通りに『好きで』やっているだけだから、お返しは特に必要ないのだけれど——お二人の雰囲気《ふんいき》から察するに、タダでは済ませられそうになく。

さりとて何かあるかな？　と思って考えていたところ……一つ思いついたことがあった。

アローナに相談の上、ご両親にお話ししてみた。

「厚顔《こうがん》ながらお願いがございまして——古着はございませんか？」

「「古着？」」

ギードさんもリーネさんも、まったく予想外というお顔をされた。

「ええ。実は私、作務衣《さむえ》と、寝間着《ねまき》と、聖女騎士の装備しか持ち合わせがなく、普段着《ふだんぎ》が欲しいなと前々から思っていたのです。作務衣は作業着ですから日常生活では仰々《ぎょうぎょう》しい感じがありまして、さりとて寝間着で村をうろつく訳にもいかず、しかし聖女騎士の装備をして軽く畑を見に行くというのも、なんだか違《ちが》うなぁと思っていまして……」

訳を話したら、ご両親様が前のめりにこうお答えくださったのだった。

「そういうことでしたら是非《ぜひ》！　タッケンに服飾《ふくしょく》の仕事をしている知人がいますので、すぐさま連絡して仕立てていただくことにしましょう！」

　と、ギードさん。

「ジナイーダ様、恐れながら採寸をさせてくださいませんか？　ピッタリの服をご用意させていただきますので！」

　とは、リーネさんが。

「あ、いえ、合わせはこちらで――」

　服の修復くらいは聖女騎士にもたしなみがあるし、アローナも知っているので大丈夫、と言おうとしたものの、

「とんでもない！　聖女騎士様に相応《ふさわ》しい一着をご用意させていただきます！」

「もちろん新品で！」

　オーダーメイドで新品を仕立てるつもりでおられたから、慌《あわ》てて止めた。

「いや、あの、古着で結構ですから――」

「古着なんか渡したら私たちの首が飛びます！」

「ジナイーダ様、私ども夫婦《ふうふ》を助けると思って、どうかお受け取りくださいまし！」

　ご両親様の熱意は、それこそ私の農業に対する熱意と同レベルで……。

「で、では、厚顔ながらご厚意《こうい》を賜りたく……」

はい。結局押《お》し切られてしまいました。

ご両親様は「こうはしていられない！」とすぐさま聖堂を出ていかれ、準備に取りかかってしまったのだった。このあと私、採寸のためお宅を訪問させていただきます。

「アローナ、善意の押し売りって恐ろしいですね……」

私はそんな感想を漏らしていた。まさか自分に返ってくるとは思いもせず。

「まあ、少なくともジナ様は、それだけの働きをされていますから～」

「そうでしょうかね？」

「――そうですとも」

答えたのは、ジェリカ付きの神殿女官・ハンナ。

「聖女騎士と村人の関係は、時として疎遠《そえん》になるものです。高貴・高潔さを前面に出す聖女騎士もおりますから――ジェリカ様のように。そうしますと、村人はなかなか聖堂に近づかなくなり、疎遠になってしまうのです。それはあまり良くありません。

しかしジナイーダ様は、村のためによく働き、また垣根《かきね》なくお付き合いされています。村人との関係が良好であることは一目瞭然《いちもくりょうぜん》です。素晴らしいことですよ」

おおー、と拍手《はくしゅ》をしたアローナ。

「さすがベテラン、駐在《ちゅうざい》してからまだ日も経《た》っていないのに、そこまで見抜《みぬ》かれるとは」

先代のレーア様ほどでないにせよ、それなりに年輪の数が多いハンナは、

「あなたも、村人との関係が良好なようで何よりですよ、アローナ。仮の話ですが、私とジェリカ様では、こうはならなかったでしょう」

静かに答え、「水を汲《く》んで参ります」と水瓶《みずがめ》を手にして聖堂を後にした。

とりあえず──村の皆《みな》さんのご厚意は感謝をもって賜るということで。

「でも楽しみですね、ジナ様。どういう服になるんでしょう？」

「普段着を、という点は強くお願い申し上げようかと。貴族が着るようなド派手なものはちょっと……」

「それはないと思いますけど～……あの二人の熱意なら、あるかもですね」

「──もしそうなったら、ジェリカに上げましょう」

「サイズが合いませんって」

そんなお喋《しゃべ》りをして、笑い合った。

──そういったことがあって、今日に至る。

今日の私は作務衣に着替《きが》えて、村からお借りした斧《おの》を手にしている。

本日の作業──それは、材木採取である。

○

アローナとハンナの寝室は、「ログハウス」という設計で作ることが決まった。材木を組み合わせて作るもので、ネジやクギがなくてもできるそうである。

そうと決まれば木材を用意することに。材木は先日、大工の親方さんに直接お見立ていただいて、村の周囲の森に生えていた針葉樹を選定している。ウンディーネさんのいる泉から結界を出て少し歩いたところに生えている木だ。レッドシーダーとかいうそうで。

結界の外での作業となるから、一般《いっぱん》の方にお任せするのは忍《しの》びなく、不肖《ふしょう》ながら私が木こりさんの役を務めさせていただくことになった。また伐採《ばっさい》の最中は、ジェリカに周囲の警戒をしてもらうようにもした。このあたりの魔物はもうほとんど討伐し終えているから、多分大丈夫でしょうけれど……まあ、念のため。

「――なんだかとても嬉《うれ》しそうですわね、ジナ」

ジェリカが私の様子を見て一言。

「ええ。一度、木こりさんをやってみたかったのですよ」

私は微笑《びしょう》を隠しきれない。お借りした斧を、両手で大事に握《にぎ》る。

二人で村の外の森を歩いていく。背の高い木の枝が頭上を覆い隠しているせいか、雑草が意外と少ない。そして昨日、目当ての木までのルートを踏《ふ》み均《なら》しているから、難儀《なんぎ》することなくすんなりたどり着いた。

「ではジェリカ、周囲警戒をお願いしますね」

「承知しましたわ」

ジェリカが抜剣《ばっけん》する。長身の彼女《かのじょ》が聖女騎士の鎧《よろい》を身に着けて剣《けん》を握っていると、とても様になる。その美麗《びれい》な立ち居振《ふ》る舞いに見惚《みと》れる人も少なからずいる。

「どうかしまして？」

「いえ、ジェリカはカッコイイなぁ、と」

「ッ！　よ、余計なことは言わんでよろしくてよ！　さっさとなさい！」

ちょっと顔を赤くするところも、また可愛らしい。ふふふ。

――ま、ジェリカで遊んでもいられません。

私は、よく育った目当ての木の前に立ち、主に感謝の祈りを捧げる。

次いで、聖術《加護の祈り》をかけた。私と、装備品である斧が強化される。

「――では、いっちょ行きましょうか！」

教わった通りにやっていく。木を倒す方向を決め――北向きにする――、北側に受け口という切り込みを30度から45度くらいの角度で入れて、深さはだいたい木の直径の三分の一くらいにする。

受け口を作ったら、今度は反対側に回って追い口を作る。受け口の少し上に、水平になるように切り込みを入れていく――……。

ん？　水平に入れるんだったら、一気に行ってしまっていいのでは？

そう思い立った私は、即座《そくざ》に行動に移した。

「そりゃっ！」

受け口の少し上を狙《ねら》って、斧を横薙《よこな》ぎに振るった！　斧を壊《こわ》さないよう力加減をした一《いち》撃《げき》、それでも「カパーン！」と気持ちのいい音がした。

その結果――木の幹はほぼ水平に断《た》ち切られ、木の先端《せんたん》がゆらゆらと揺《ゆ》らいだ後、受け口の方へと倒れていった。

バキバキバキ――ドシャッ。思った通りの方向に木が倒れてくれた。

「よし、うまくいきましたね」

続けてもう一本、隣の木を伐採する。同じように受け口を作って、追い口から一気に伐採、と。

「そーれっ！」

カパーン！　幹が断ち切られ、大きな針葉樹が北側に倒れていった。

「ああ、このカパーンって感触《かんしょく》、たまりませんね。癖《くせ》になりそう……」

心地《ここち》のいい感触の余韻《よいん》に浸《ひた》っていると、

「一発で切り倒すなんて……あなた、聖女騎士《きし》辞《や》めて農民になってはいかが？」

ジェリカが私のところに来て、一言。少々呆《あき》れ気味《ぎみ》だ。

「そうしたいのですが、それだと私が村を守れなくなってしまうので」

「まあ、それもそうですわね」

「あ、ジェリカが村を守ってくれるのなら、考えてもいいですよ？」

「考えなくて結構ですわ。私の務めは一つ所に留《とど》まるものではありませんので」

「それは残念」

お互《たが》いに軽口なのは、お互いに分かっている。だから適当なことも言える。

木を切り倒した後は、斧で枝を一つずつ払《はら》い落としていく。この枝は薪《まき》になるし、葉は肥料になるから後ほど回収、と。

枝を払った後は材木を村に運ぶ。素手《すで》では無理だから、いったん村に戻って、斧の代わりにトビという道具を二本持っていく。

トビは鎌《かま》に似ていて、鎌のように長くなく、先端が尖《とが》っているのが特徴《とくちょう》。金属部分の形状は、鳥のくちばしによく似ている。

この道具の先端部分を木の幹に突《つ》き刺《さ》して、と。

「よいしょっ」

ガスッ、と先端が食《く》い込む。これで木を引きずっていくことができるようになる。もう一本も幹に刺して、と。

「じゃ、行きましょうか」

二本のトビを左右それぞれの手に握り、大きな材木を引きずりながら森を抜けていった。森の地面はほぼ水平と言っていいゆるい斜面《しやめん》になっていて、そこを降りていくと、ラーベル村につながる幅広《はばひろ》の道に出る。

道に出たら、後は一直線だ。

「お待たせしましたー!」

材木を引きずってきたら、大工の皆さんがギョッとした顔で、私を見つめていた。

「あれ、どうなさいました?」

訊《き》いたら、親方さんがこんなふうに。

「こ……こんなでっけぇ木を、二本一緒に……?」

「ええ、そうですけど」

親方さんも助手さんも、言葉を失われた様子。はて、何か不手際《ふてぎわ》がありましたかね？

そうしたら、村の男性陣《だんせいじん》からこのようなお言葉が。

「親方、今のうちに慣れとけよ。ジナ様とはこういうお方だ。とにかく体力も膂力《りょりょく》も半端《はんぱ》ないからな」

――分かってらっしゃる。そう、これが私ですよ。

材木の運搬《うんぱん》が終わると、ジェリカは村を出た。タッケンに近い場所に迷宮《めいきゅう》がありそうなので、関連情報を聞くべく、荷馬車の馬を使ってタッケンに向かうとのこと。馬の駆《か》け足なら二時間もかからずに着くから、夕方には戻ってくるだろう。

――さて。私は私で聖堂に戻り、着替《きが》えをすることにする。

つい昨日、ソラナさんのご両親から素敵《すてき》なプレゼントを頂いている。何《なに》を隠そう、村での普段着である。

オリーブ色の長袖《ながそで》のワンピース――コタルディというそう――と、白い前掛《まえか》け。そしてベージュのカーディガンとストールまでいただいてしまった。

こんなにもらうのは、と遠慮《えんりょ》をしたのだけれど――

「とんでもありません、ジナ様には日頃《ひごろ》からとてもよくしていただいておりますから。お返しと申すのも憚《はばか》られるほど、ささやかなものではありますが……」

と、やや強引《ごういん》に差し出されてしまい、こうなると断るのはかえって失礼だと思い、お二人のお気持ちとともにありがたく頂戴した。

この普段着を、さっそく着てみようと思う。聖堂に戻り、袖《そで》を通してみると――

これがサイズぴったり。袖も裾《すそ》もちょうどよかった。

「わお。ピッタリですね～。合わせの必要はないみたいです」

アローナが私をあちこちから眺《なが》めて、調整不要と判断。

ウエストを腰紐《こしひも》で調整して結び、前掛けをつける。そしてストールをかければ――

「これでどうでしょう?」

「わ～、完全に村娘《むらむすめ》じゃないですかぁ～!」

アローナが満面の笑《え》みで拍手をしてくれた。が、その顔がすぐに曇《くも》る。

「ん～……でも、これだと女騎士っぽい髪型《かみがた》が野暮《やぼ》な感じがしますね～……」

「じゃあ、一つまとめにでもしますか」

髪《かみ》を解く。三つ編みも解こうとして、アローナが止めた。

「三つ編みはそのままにしましょう。こう、左前に流す感じで」

三つ編みにした髪を、左肩《ひだりかた》から前に出す。

「いいですねぇ、いい感じに村娘感が出てますよ～!」

「ふふ、それはよかった」

姿見がないのが残念。

「では、不肖私、村娘デビューをして参ります！」

「は～い」

アローナに見送られて、聖堂を出た。

ちょうどソラナさんがこちらに向かってきていたので、私は笑顔で手を振った。

「ソラナさーん！」

「はーい！　って……え？」

応えてくださったソラナさん、私の方に駆け寄ると、首を右に左に傾《かし》げていた。

「え、あれ？　声はジナ様なのに……？？　どちら様ですか？」

なんだか小鳥さんみたいで、可愛らしい反応だ。

私はにっこり笑って、教えて差し上げた。

「ジナイーダですよ」

「ええっ!?　ジナ様!?」

ソラナさんが大きな声を出したものだから、村の人たちの注目を浴びてしまう。村の皆さんが、そのまま私のところへ集まってきた。

「あらまジナ様、そのお姿、どうされたんですか？」

「ソラナさんのご両親様からいただきまして」

「あらぁ～、よくお似合いで」

村の女性陣《じょせいじん》が私をあちこちから眺めている。なんだか気恥《きは》ずかしい。

「私ゃてっきり、タッケンかザゴーシュから来られたお嬢《じょう》さんだと思っちゃいましたよ」

「ええ、シェーナブルネンから来たのは間違いありませんよ」と私。

「ジナ様、これはどういった風の吹き回しなのですか？」と別の女性。

「ちょうど、普段着が欲《ほ》しかったのです。聖女騎士の鎧で村をうろつくのは野暮ったいですし、作務衣も作業以外で着るのはどうかな、というのがありまして。これなら、畑に出て軽く作業するのも問題ありませんからね」

スカートをつまんで軽く上げる。

「素敵な贈《おく》り物をいただきまして、本当に感謝するばかりです」

「そうでしたのね。あぁ～こんな美人さんなら、町に出稼《でかせ》ぎに行ったウチの息子《むすこ》に紹介《しょうかい》してやりたいくらいだわぁ」

「あはは……まあ、殿方《とのがた》との接触《せっしょく》は戒律《かいりつ》で禁止されていますので」

「でも、本当によくお似合いですよ。まるで生まれた時からラーベル村にいたみたいに」

と言ったら、別の年配の女性が強烈《きょうれつ》な一言を。

「ウチの村でこんなべっぴんさんが生まれる訳ないでしょ！」

それを合図に、みんなで大笑い。私は微苦笑《びくしょう》でやり過ごすことに。

その時――不意に、私の頭の中で昔の記憶《きおく》が蘇《よみがえ》った。

それは神殿に引き取られる前のこと。十年以上前の出来事だ。


村の女性が微笑んで、私の頭を撫《な》でながら、

「4つになったんだ。大きくなったわね」

そう言ってくれた。あの頃《ころ》は村での生活が、ただただ楽しかった……。


私は視線を少し下げ、昔を思い出しつつ、誰《だれ》に言うとでもなく口にした。

「私も……昔は村娘でしたからね。6歳《さい》の頃までは」

私の独り言を聞いた村の方々が、静かになって耳を傾《かたむ》けている。

私の独白は止まらない。

「もし村に居続けることができたなら……こういう服を着て、あの村で過ごしていたと思います。農作業をして、水汲《みずく》みをして、お掃除《そうじ》、お洗濯《せんたく》に、お料理をして。私も今年で1

6ですから、そろそろ縁談《えんだん》の話もあったかもしれません」

視線を上げた。南から東にかけて、遠くの標高の高い山々が見える。山体は険しく、山頂付近は早くも雪化粧《ゆきげしょう》していた。

地形は違うけれども――遠くの山の景色は、よく似ている。

「懐《なつ》かしいですね。もう、戻《もど》ることはできませんが」

十年前に離《はな》れることになってしまった、私のふるさと。

あの村がもうなくなっていることを、お師様が確認《かくにん》してくださっている。ほとんど自然に還《かえ》ってしまい、見る影《かげ》もないと。

もう戻れない――その事実に胸がきしむ。

「ジナ様は、どちらのご出身なのですか？」

ソラナさんの質問に答えるのに、数瞬《すうしゅん》の逡巡《しゅんじゅん》があった。

――言っていいものかどうか。けれど、遥《はる》か遠くの廃村《はいそん》の名前を伝えても分からないだろうと思って、答えた。

「ヴェストハイム村です」

それを聞いて「えっ……」という反応をされるが一番怖《こわ》かったけれど――

皆さん、ソラナさん含《ふく》めて、一様に首を傾げておられた。「どこかしら？」「さあ？」という反応ばかり。よかった。

「みんな、どうしたの？」

サマンタさんがやってこられた。そのサマンタさん、私を見て、顔をしかめて、

「……？？　失礼、どちら様ですか？」

と誰何《すいか》してきた。本当に分からないみたい。

「ジナイーダです」にっこり。

「……は⁉　うっそ、ホントに⁉　ええっ‼　別人かと思った……うわぁ～！」

びっくり仰天《ぎょうてん》のサマンタさん。

「サマちゃん、あんたが一番ビックリしてるわよ」

年配の女性のご指摘《してき》があり、一同大爆笑《だいばくしょう》。仰《おっしゃ》るとおり、サマンタさんのリアクションが一番面白《おもしろ》かったように思う。

このように、私の普段着姿は思いのほか好評だった。

ソラナさんのご両親も「とってもお似合いです！」と大喜び。ソラナさんの弟さんや妹さんは「ねぇねよりお姉ちゃんみたい」と、ソラナさんがショックを受けるようなことをズバリと言っていた。ダメですよ、ねぇねはちゃんとお姉ちゃんなのですから。

その際、ご両親様から、ウンディーネさんが水鏡で姿見を作ってくださるとのお話を伺

い、それならとソラナさんが精霊術《せいれいじゅつ》を使ってくださることになった。

ソラナさんの精霊対話魔法《まほう》で姿をお見せになったウンディーネさん、

「おお〜……こりゃまたすんごいイメチェンしてきたね、ジナちゃん」

さすがに精霊の目はごまかせないようだ。

ソラナさんが、お父様からお預かりした少量のお酒をウンディーネさんに贈呈《ぞうてい》して、水鏡をお願いする。

ウンディーネさんが快諾《かいだく》して、水で鏡を作ってくださった。

曇り一つない細長い鏡の前に私は立つ。

そこに、村娘になった私が映っていた。

――なんだか本当に、「聖女騎士にならなかった私」を見ているかのよう。

そんなふうに思えてならなかった。少しだけ、複雑な気分。

でも普段《ふだん》着そのものは本当に嬉しい。私はすっかり気に入ってしまった。普段はこれを着て生活しようと思う。

高台の泉からの帰り道に、ソラナさんがこう言った。

「ジナ様、本当に『村のお姉さん』って感じですよ」

「そうですか？」

「はい。少し前までは、この村にもジナ様くらいのお姉さんたちがいたんですけど……みんな、村の外に嫁《とつ》いだり、村で結婚《けっこん》して夫婦で町に出稼ぎに行ったりして、いなくなっちゃいまして。サマンタさんは少し歳が離れてますし、村長さんが最近足腰《あしこし》が弱ってきたのもあって、代わりに村のリーダーをしてる感じで、少し接しづらいところもあって。

——だから、ジナ様くらいのお姉さんがいると、いいなぁって」

わー……そんな嬉しそうに微笑まれたら、あまりの可愛らしさに、私もアローナもっと可愛がってしまいますよ？

「ありがとうございます。大丈夫《だいじょうぶ》ですよソラナさん、普段はこの服装でいようと思いますから、村のお姉さんだと思って頼《たよ》ってくださいね」

「はいっ！」

そんなおしゃべりをしながら高台から降りてくると、再びサマンタさんがやってこられた。ただ、今回は真剣《しんけん》な顔をして。

「ジナ様、申し訳ありませんが、少しご相談したいことがありまして」

「なんでしょう？」

「一週間ほど前なのですが、行商人のフーゴから、仕入れが終わったのでそろそろ村に行く、と連絡《れんらく》クリスタルで手紙が来ました。その手紙が来たらどんなに遅《おそ》くても一週間後には必ず来るのですが……まだフーゴは来ておりません。私も先ほど父にその話をされて、『そういえば』と思い出して、少し心配になりまして……」

「あら、それはいけませんね」

「ええ。ですので、連絡クリスタルで、タッケンの兵士に『フーゴが来なかったか』を確認していただきたいのです」

「――なるほど」

ラーベル村に出入りしている行商人のフーゴさんが村に来る時には、必ず、護衛として兵士の方が随伴《ずいはん》されている。領主のゴードン様が、ラーベル村を出入りする商人は必ず護衛せよとご命令なさってのことと聞いている。

であれば――フーゴさんが近々ラーベル村に来られるなら、兵士の方にも連絡が行っているはずである。

「たぶん、ちょっとしたトラブルで足止めを食らっているだけだとは思うのですが……」

「ええ、大丈夫ですよ。アローナに指示しておきましょう」

「助かります。ありがとうございます」

――少し不安な情報が出てきた。何事もないといいのだけれど。

さっそくアローナに連絡を取らせると、程《ほど》なく返信があった。

「え」

返信の便箋《びんせん》を見て、アローナが固まった。

「なんとあったのです？」

「『行商人フーゴは三日前に屯所《とんしょ》を訪《おとず》れ、その翌日に護衛の兵と共にラーベル村に向かった』とのことです。『もし所在不明なら連絡を』ともあります」

「まずいですね。兵士の方含めて所在不明、と返信をするように」

「かしこまりました」

ハンナにも情報を共有しておく。ジェリカが戻ってきたら同じ話をしようと思う。

私も、聖女騎士の鎧に着替えて準備をした。これは普段着でのんびりしていられる状《じょう》況《きょう》ではない。

――タッケンに行っていたジェリカは、日が沈《しず》んで空が明るみを失う寸前の頃合《ころあ》いに、ラーベル村に戻ってきた。

「遅かったですが、大丈夫でしたか？」

「ええ、私は大丈夫。タッケンで不穏《ふおん》な噂《うわさ》を耳にしたものですから、その対応で」

聖堂の居住室で、詳《くわ》しい話を聞いた。

「このところ、タッケンに出入りする人が、数日ほど所在不明になる出来事が頻発《ひんぱつ》しているそうでしてね」

とジェリカは切り出した。

「魔物《まもの》が増えているこのご時世、旅程が狂《くる》うことはザラですし、その間の消息が分からなくなるのも、まあ分からなくもありません。問題はそこではなく、所在不明になったご本人たちの方で――所在不明となった数日間の記憶がないということなのですよ」

「記憶がない？」

「ええ」とジェリカはうなずく。「曰《いわ》く『気がついたら街道《かいどう》に倒《たお》れていた』とか、『草むらで寝《ね》ていた』とか、そういうことで。念のため、町の聖女騎士や医師、薬師が診察《しんさつ》したのですが、心身ともに異常はないということで……。しかし最近あまりにそういうケースが多くて、さすがにおかしいと、そういうことになったのですわ」

「なるほど。でも、どういうことなのでしょう？」

「分かりませんか？」

ジェリカが言う。

「魔族《まぞく》か、あるいは盗賊《とうぞく》団の仕業《しわざ》ですわ。特に後者の場合――嘆《なげ》かわしいことですが、魔《ま》導《どう》学園で魔法を学び、食い詰《つ》めて盗賊になるというケースはしばしばあるようで、相手を魔法で眠《ねむ》らせてその隙《すき》に荷物を奪《うば》うことも、しばしば起きているそうですわよ」

　そこでアローナが一言。

「まあ、そんな不届き者がいたら、学園関係者が袋叩《ふくろだた》きにしますけどね～」

「そうなの？」と私。

「ええ、そのあたり厳しいですよ～。魔導学園って、魔法の悪用を防ぐための管理機構って側面がありますから～。魔法の悪用が頻発するようでは、学園の沽券《こけん》に関わりますからね～。それはもう、速攻《そっこう》でフルボッコって話ですよ？」

「――お詳しいですわね」

　ジェリカが訊くと、アローナは静かに微笑んだ。

「はぁい。私、学園出身なので～」

「あら、初耳ですね」とは私。

「いやぁ、情けない話になっちゃうんで、あんまり言わないようにしてるんですよ。簡単に言うと、私、神殿《しんでん》で生まれ育った孤児《こじ》なんですが、神殿を出たくて魔導学園に入学して、でも神殿の外で普通《ふつう》に生きていくのになんとなぁく違和感《いわかん》があって、それで神殿に出戻っちゃったっていう」

「あらあら。でも生き方は人それぞれですよ。アローナは素敵な神殿女官です」

「ありがとうございます～」

——で、なんの話でしたっけ？

「ともかく」とジェリカ。「タッケンを出入りする人々に悪さをしているのが、もし仮に人間なら、魔導学園の関係者が袋叩きにしてくださるでしょうから、それはそちらにお任せすればいい。そもそも盗賊団なら、物を盗《と》っていないとおかしいですからね」

「？　じゃあ、荷物は無事だったのですか？」

「ええ、何一つ盗られてなくて、心身も無事。人間の仕業とは考えにくい」

「であれば——」

「そう。魔族、もしくは魔物の仕業と見ていいでしょうね。旅の空の人々に狙いをつけ、敢《あ》えて殺さず、何も奪うことなく、誘拐《ゆうかい》だけして何かをしている……おそらくは情報収集でしょうけれども」

もしそれが事実なら深刻な話だ。そんなまさか、とは思いたいけれども。

ジェリカはなお続ける。

「以上が前置きで、ここからが本題です。心して聞きなさい。——タッケンで、四日ほど前からまた所在不明者が出ているそうなのですよ。それも二十人以上」

「——！」

「私も、タッケンからラーベル村に戻る道すがら、可能な範囲《はんい》で捜索《そうさく》を致《いた》しました。しかし残念なことに、それらしき痕跡《こんせき》はなく」

「……とすれば、フーゴさんと護衛の方々の所在が気になりますね」

「というと？」

――私は行商人のフーゴさんの話をジェリカに伝えた。

ジェリカは合点《がてん》がいったように首肯《しゅこう》していた。

「その方たちも『所在不明者』でしょうね。承知しましたわ。私、明日は村の周辺を捜索することにします。ジナ、あなたは村で待機なさい」

「ええ」

私の務めは村の守護、村の外での長時間の活動はジェリカに任せるしかない。

この後、私とアローナで村長様のお宅を訪問し、状況を説明。何か起きた時には、村で一番頑丈《がんじょう》な建物である聖堂に村の人たちを集めること、他に異常があればすぐに連絡すること、朝一番で村の皆さんにお話ししたいので広場に集まること、などをお伝えした。

それから念のため、各《かく》ご家庭を回って「魔物の活動が活発なようなので、何かあったらすぐに聖堂に避難《ひなん》を」と伝えた。

私たちは聖堂に戻った。今日は鎧を着たまま休むことになりそうだ。

○

夜が明けて、ジェリカはさっそく捜索に向かった。

私は朝一番で広場に集まった村の皆さんに、所在不明の方々のお話をした。

少し心苦しいけれども、フーゴさんのお話もした。二日前――もう日が変わったから三日前か、ラーベル村に向かった後、消息不明であると。

「そ、それでは、フーゴは……」

村の男性の質問に、

「まだ分かりません。ジェリカが捜索に出ていますので、続報待ちとなります」

私は正直に答えた。

「いずれにせよ、魔族がよからぬことを企《たくら》んでいるものと思われます。今日は村での作業は最小限にしましょう。聖堂の寝室《しんしつ》の建設作業も中断とします。

皆さん、まずは落ち着くことを心がけましょう。行動をする時は、急がず、慌てず、確実に動く、これを目標としてください。何かありましたら鐘《かね》を鳴らしますので、その際は聖堂に避難してください」

こういう時は、多少大げさであっても悪い方に予測して対策を立てるのがいいと考え、大規模な魔物の攻撃《こうげき》を想定しての対応をお願いした。

私の話の後、サマンタさんがさっそく村の方々に指示を出していた。

ご高齢《こうれい》の方は移動に時間がかかることから、今から予防的に聖堂に避難させたいとのご提案があり、私が了承《りようしよう》した。またサマンタさんは、聖堂への保存食の移動と、水の備蓄《びちく》も指示。続けざま、高台のウンディーネさんに「火事が起きた際の消火活動の協力」をお願いするよう、ソラナさんのお父様・ギードさんに指示されていた。

サマンタさんのご指示はいずれも的確で、私の出る幕はなさそう。お任せする。

タッケンから来られている大工の皆さんには、タッケンには戻らず村に留まるようにお願いした。元々泊《と》まりがけでの作業で、建設期間中は村の空き家に滞在《たいざい》できるよう手配してあったので、そのまま寝泊《ねと》まりしているお宅で待機していただくことになった。

大工の皆さんはとても協力的で、「あっしらも村人だと思って、できることがあったら遠慮なく言ってください！」とおっしゃってくださった。ありがたい。

であればと思い、さっそく簡単な木材加工をお願いした。

というのも——今朝、ジェリカが捜索に出る前に、こんな話をしていたからだ。

「ジナ、分かっているとは思いますが、対人戦闘《せんとう》を考慮《こうりよ》しておきなさい」

「対人？　どうしてですか？」

「魔族の中には、魔術《まじゅつ》を使って人間を支配下に置く者もいると聞きます。仮に、もし魔族が所在不明者を魔術で支配し、その人たちを使って今から攻撃なり工作なりを仕掛《しか》けてくるのだとしたら……分かるでしょう？」

「？　人を支配下に置く……支配下ということは、あやつり人形？　――あ」

人間を使って攻撃をしてくるということか！

ジェリカが大きくうなずいた。

「そういうことですわ。支配されている人たちを傷つけることなく制圧する、そのことも頭の中に入れておきなさい。では」

――さすがジェリカだと私は感動した。魔物討伐《まものとうばつ》に関しては私より断然詳しい彼女の存在は、とても心強い。主に感謝を。

ということで、対人戦闘用の棍棒《こんぼう》の制作を大工さんにお願いした。大工さんは「お安い御用《ごよう》です！」と朗《ほが》らかに請《う》け負ってくださった。

村が慌《あわ》ただしく準備に追われ、二時間ほどが経った頃――

「ジナ様、すぐに村の門へお越《こ》しください！　フーゴと兵士の皆さんが来ました！」

村の女性に呼ばれ、自身に《加護の祈《いの》り》をかけた後、大工さんにお願いしていたもの

——私の身長より少し長い、長尺の棍棒を受け取りに行った。全体が研磨《けんま》されていて、ざらつきはまったくなく仕上げは完璧《かんぺき》だった。見事なお仕事ぶりです。

すぐさま門に駆けつけた。

「ああ、これはジナイーダ様。ご心配をおかけしたようで、申し訳ありません」

村の門の外にいたフーゴさんは、私を見て微笑《ほほえ》み、そのように仰《おお》せになった。門の内側には村の方々がおられる。フーゴさんは、村での対応は既《すで》に聞いているようだ。

「フーゴさん、それに兵士の皆さん、お身体は大丈夫なのですか？」

「ええ、不思議なことですが、気がついたら村に続く道で倒れていまして。幸いケガなどはなく、物も盗られていませんでした。兵士の皆さんもご無事です」

五人いる兵士の方々も首肯する。ひとまずご無事なようで、そこは安心した。

フーゴさんたちの隣《となり》に停《と》まっている荷馬車にも、これといって傷《いた》みはない。少なくとも強盗《ごうとう》に襲《おそ》われたようではないようだ。

ただ——一点。

私はその時、かすかに、一番奥《おく》にいる兵士から魔の気配を感じていた。

どういうことだろう？　魔族が変身している？　それとも、この人たちが魔族に支配されている証拠《しょうこ》だろうか？　でもそれだと、一人だけから感じるのがどうにも奇妙《きみょう》だ。

まだ状況が分からないから、行動に移すのは先。

「少しお待ちくださいね」

私はまずアローナのもとに小走りで向かって、彼女にこう耳打ちした。

「ゆっくりでいいから、村の皆《みな》さんを下がらせて」

それだけでアローナは理解した。「はぁい」と微笑み、何食わぬ顔で「フーゴさんのことはジナ様にお任せしましょう」と指示を出していた。

村の門に戻り、避難の時間稼《かせ》ぎも兼《か》ねて、フーゴさんに気になることをお尋《たず》ねした。

「フーゴさん、ジェリカとはお会いになりませんでしたか？　馬に乗った聖女騎士《きし》なのですが、今朝がた、皆様《みなさま》の捜索に向かっていきまして」

「ああ、そうでしたか」申し訳なさそうにするフーゴさん。「残念ながら、お会いすることはありませんでした。おそらく行き違《ちが》いになったかと……」

――タッケンからラーベル村への道は、基本的に一本道のはずだけど。

違和感を拭《ぬぐ》いきれないけれど、今は行き違いということにしておく。

なんにせよ結界の外にいるのは危ないから、安全な結界の中へお連れする。

「どうぞ皆さん、村の中へ入られてください。休息も必要でしょうし、もし私でよければケガなどないかお調べいたしますから」

ごく一般的《いっぱんてき》な提案だったのだけれど、

「それは少しお待ち下さい」

兵士の一人が、そう言うのだ。——魔の気配がする一番奥の兵士が。

「実は、聖女騎士様にプレゼントがございまして。これから、それをお渡《わた》ししようかと思っております」

「あら、プレゼントが」

——この状況でそんなことを言うとは、あからさまに怪《あや》しい。これは何かある。

「お気遣《きづか》いいただきありがとうございます。少しお待ち下さいね」

穏《おだ》やかに返しつつ、今の間に解決策を頭に巡《めぐ》らせた。

状況としては——兵士の一人は魔族もしくは魔物、残りの兵士四人とフーゴさんは、魔術をかけられている状態だと思われる。

魔術による支配は《解呪の祈り》で簡単に解除できる。また、あの兵士はおそらく下級魔族だろうから、片をつけるのは一瞬《いっしゅん》で済む。

問題は、魔族がどんな魔術をかけているかが分からないこと。そして、私は事実上人質《ひとじち》を取られている状態にあることだ。

今から《解呪の祈り》を唱えたらどうなるか？

――この聖術は、やろうと思えば一瞬で発動可能だ。単純に「ディスペル」と唱えるだけでいい。短縮詠唱《えいしょう》術を極《きわ》めている私は、この単語一つで発動できる。

けれど、魔族の支配から脱《だつ》した後はどうなるだろうか？　魔族は一人を捕《つか》まえて、人質にするかもしれない。人質を取られようとも、私は魔族を一瞬で斬《き》ることはできる。けれど、最後の力で人質の首を握《にぎ》りつぶされでもしたら……。

人質を取られる隙を与《あた》えてはならない。最低でも、あの兵士からフーゴさんたちを引き離す必要がある。

ではいっそのこと、先に魔族を斬るか？

これも一瞬で可能だ。しかし先に魔族を倒した場合、支配されているフーゴさんたちにどのような影響《えいきょう》が及《およ》ぶかが分からない。支配者が先に殺された場合は自殺せよ、と命じられていたとしたら……助けの手が間に合わないかもしれない。

まだ懸念《けねん》はある。感じ取った魔の気配が私の勘違《かんちが》いだった場合、つまり魔の気配を感じるあの兵士も「魔族に支配されている人間」だった場合だ。相手が魔物か魔族だと確定する前に斬ってしまうと……取り返しのつかないことになる可能性もある。

以上から、こちらが先手を打つのはむしろ危険だと判断する。

ならば「後の先」だ。敢えて敵に先手を取らせる。それも、できるだけ相手に慌てさせる形で。こちらの方がいい、色々と確認もできる。

――策がまとまった。私はフーゴさんにお尋ねした。

「それはそれとして――フーゴさん。タッケンを出発する時につけていただいた護衛の兵士の皆さんですが、見覚えのない方がいらっしゃいませんか？」

「え？　いや、そんなことはないはず……」

振《ふ》り返るフーゴさん。魔の気配を発している兵士が、やや慌てた。

「あ、あの、どうしたのですか、聖女騎士様？　それよりもプレゼントが」

「お気遣いなく」

語気を強めて否定。すかさずフーゴさんに今一度尋ねる。

「――何か違和感がありますか、フーゴさん？」

フーゴさん、兵士の方をくまなくご覧になり、

「タッケンを出る時につけていただいた兵士は、確か四人……だったはず」

力なくつぶやいた。

兵士の方々も互いに見合っていて……やがて全員が、魔の気配を発する兵士を見た。

「――お前、誰だ？」

兵士の一人が言う。言われた兵士から魔の気配が一瞬、強く漏《も》れた。動揺《どうよう》したか。

「なるほど。四人ということですが――」

私は左手の人差し指を伸《の》ばして、魔物の気配がする兵士を指す。

「あら、あら。おひとり多いようですねぇ、木っ端魔族の下っ端さん？」

煽《あお》る感じに言って、にっこり微笑んであげる。すると、

「貴様ァ――!!」

叫《さけ》んだ直後、兵士が変化した。鷹《たか》の頭を持ち、入れ墨《ずみ》の入った灰色の肌《はだ》の、筋骨隆々《りゅうりゅう》とした二足歩行生物となる。

――下級魔族だ。敵と確定！

私は棍棒を両手に握り、聖なる気を込《こ》めて、魔族の胴《どう》に向け渾身《こんしん》の突きを放った！

「ぐおっ!!」

聖剣《せいけん》ではないから、致命的《ちめいてき》なダメージには至らない。しかし魔族は森の奥へと吹《ふ》き飛ばされ、フーゴさんたちから遠ざけることには成功した。

「皆さん、結界の中へ！」

あとはフーゴさんたちを結界の中に入れ、《解呪の祈り》をかければ――

としたものの、先に下級魔族が叫んだ。

「【デストルオ・ヴィッラ】！」

魔力《まりよく》のこもった呪文《じゅもん》――魔術だ。

私は《加護の祈り》がかかっているので大丈夫、だったのだけど――その呪文に、フーゴさんたちが反応した。

左右の瞳《ひとみ》が真っ赤に発光し、額には、黒い入れ墨のような紋様《もんよう》も浮《う》かび上がった。そして全身に魔法力がみなぎり、表情が一気に狂気《きょうき》を帯びたものとなって――

「うああああああああああああああ‼」

最初にフーゴさんが、私に爪《つめ》を立てて引っ掻《か》こうとしてきた。兵士の皆さんは抜剣《ばっけん》して村へと入っていく。やっぱり支配下に置かれていた。しかも魔術がかかった状態なのに村の結界が作動せず、兵士の皆さんが村の門を通過してしまう――何故《なぜ》？

いや、そうか！　彼《かれ》らは精神を支配されているだけで、身体も魔法力も人間のままなのだ。だから結界で阻《はば》めない――なるほど、考えましたね！

「フーゴさん、ごめんなさい。――スタンアタック！」

聖なる気を右手の棍棒に込める。そして棍棒でフーゴさんのみぞおちを突《つ》いた。

聖剣技・スタンアタック。攻撃力《こうげきりょく》をスタン力に変換《へんかん》する技で、ダメージを与えずに相手を強制的に失神させるというもの。対人戦闘用の技である。

この聖剣技は、聖剣以外の装備品でも繰《く》り出すことができる。むしろ聖剣を使わない方が色々と安全で、だからこそ棍棒を準備したのだった。

スタンアタックを受けたフーゴさんは、悲鳴も上げずにうつ伏《ぶ》せに倒れていく。地面に触《ふ》れる前にフーゴさんを左腕《ひだりうで》で抱《だ》きかかえ、そのまま結界の中へ。

フーゴさんをゆっくり地面に降ろした私は、続けざまに素早《すばや》く飛びかかり、兵士の方々を一人ずつ、棍棒のスタンアタックで打ち据《す》えた。

手段は荒《あら》っぽかったものの、四人の兵士全員を安全に失神させることに成功した。事前に村の人を下がらせておいたことが功を奏し、村の方々への被害《ひがい》もなく済んだ。

——ジェリカにはつくづく感謝である。予備知識があって助かった。

そうしていたら、下級魔族が村に続く道の真ん中に立ちはだかり、何やら大げさな魔術をかけようとしていた。

それを妨害《ぼうがい》すべく、私は棍棒に聖なる気を込めて、全力で投擲《とうてき》した。棍棒は結界を通過して魔族の眉間《みけん》に命中、バガンッ、と鈍《にぶ》い音がした。

「あっ、がっ、ぐおおおぉぉ……っ‼」

下級魔族が悶絶《もんぜつ》している。その隙に私は両手を組み合わせ、聖術を唱えた。

「ディスペル！」

《解呪の祈り》——魔術や呪《のろ》いを解除する聖術。『ディスペル』の一語は本来唱えるべき祈祷文《きとう》の究極の短縮形で、「解呪せよ」との意味を成す。

目を開けると、光の粒《つぶ》が聖術の余韻《よいん》となって周囲を舞《ま》っていた。それも数秒のうちに消える。

その効果の程は——フーゴさんや兵士の皆さんの額から入れ墨のような紋様が消えていること、そして何より魔族の悔《くや》しがっている態度からも、一目瞭然《いちもくりょうぜん》だった。

「くっそぉ、貴様ァ……一瞬で解呪するとは……！」

「ええ、お師様に鍛《きた》えられましたので」

「それにしても、聖女騎士が人間を打ち据えるとはな……。とんだ戒律破りだ」

魔族が減らず口を叩《たた》くので、歩きながら全否定しておく。

「お生憎様《あいにくさま》、聖女騎士が禁じられているのは『聖剣にて人を殺傷する』ことです。つまり棍棒でスタンアタックをしても戒律には触れないということですね」

「屁理屈《へりくつ》を——」

「屁理屈？　魔族ごときが理屈《りくつ》の何を理解しているというのです」

村の門を出た私は、左腰《こし》に佩用《はいよう》する聖剣の鞘《さや》を左手で握った。いつでも抜剣できるようにするため。

「お前たち魔族がしていることは、人間に対する暴挙であり、冒涜《ぼうとく》であり、凌辱《りょうじょく》です。どんな言い訳をしようとも、お前たちが人々を苦しめていることに変わりなく、人々を苦しめる腐《くさ》れ魔族を成敗することは我ら聖女騎士の務め。とっととくたばりなさい」

「く……っ」

じわりじわりと近づく。もう私の間合いに入っているのだけど、

「せ、せいぜい勝ち誇《ほこ》っていろ！　この村を襲うのが俺《おれ》だけだと思ったら大間違《おおまちが》いだぞ！」

――しかしまあ、この下級魔族のよく喋《しゃべ》ること。

せっかくだから情報もいただいてしまおう。少しばかり付き合う。

「おや、では他の者が？」

「そうとも！　我らを指揮するガーゴイル様がこの村を襲うとのことだ。せいぜい震《ふる》えて待っていろ、あの方は鉄巨人をお連れになっているのだからな!!」

――雷《かみなり》に打たれたかのような心地《ここち》がした。

それほどまでに、この下級魔族が放った一言が、衝撃《しょうげき》だった。

「……今、なんと言いました？」

「鉄巨人が来る、そう言ったのだ！　それも一体だけではない、三体もだ!!　お前一人でどうにかできるものではないぞ、この村はこれでおしまいだァ!!」

下級魔族が勝ち誇り、大笑いを始める。

私は――心の奥底《おくそこ》から湧《わ》き起こり、全身を突き抜《ぬ》けんとするこの大きな激情を、抑《おさ》えることができなかった。

だから、叫んだ。

「――鉄巨人が来るのですねっ!?」

溢《あふ》れた喜びが、顔に恍惚《こうこつ》とした笑《え》みを作っていくのが分かる。

両手を頬《ほお》に当てて、私は言った。

「ああ、なんというタイミングで！　しかも三体も！　それだけの魔法鉄があったら、私の農具や大工さんたちの大工道具だけでなく、村じゅうの鉄製品を置き換《か》えることができますよ！　いいえそれだけではありません、先生から教わった究極の保温ポット・【魔法の鉄瓶《てつびん》】の量産も夢ではありません!!　これから冬にかけて温かいものは必需品《ひつじゅひん》となりますが、魔法の鉄瓶ならいつでも温かいまま持ち歩くことができて……ああ、ジェリカが喜びそうですね!!　彼女《かのじょ》のツンとした顔でお礼を言う様が見てみたいっ!!」

両頬に当てていた手を、ギュッと握りしめる。夢がどんどん広がっていった。

「であれば、一体分は領主様に献上《けんじょう》させていただきましょう。その際に厚顔《こうがん》ながら、村の

大浴場の建設についてご協力を仰《あお》ぐというのもアリかもしれませんね……いえ、流石《さすが》にそれは失礼かもしれません。そこはアローナと相談しましょう。そうですね、いったん落ち着きましょうか」

一人で突っ走らない、はやる気持ちを抑える——この村に来て学んだ大切なことを反芻《はんすう》し、自分に言い聞かせた。溢れる熱い思いに、今は敢えて冷水を浴びせた。

一呼吸つくと、下級魔族があっけに取られていた。

「あら、どうしました下っ端さん？」

「き、貴様……恐《おそ》ろしくないのか!?　鉄巨人が!!」

「ぜんぜん」

「ぜ……!?」

「魔法鉄の貴重な供給源ですからね。ありがたいとまでは言いませんが、とても助かります、としておきましょう」

「ありがた……いや、おま、」

「ということで——」

私は抜剣し、一瞬で間合いを詰め、下級魔族を頭の天辺《てっぺん》から股《また》の下までまっすぐ斬り下ろした。

魔族の肉体が左右に分かたれ、聖剣の聖なる気によって浄化《じょうか》され、塵《ちり》となって消えていく。断末魔《だんまつま》の叫びも上げず死に絶えた魔族に向け、私は冷ややかに宣告した。

「――主の聖なる巷《ちまた》より消え失《う》せなさい、腐れ魔族」

それにしても、魔族に対しては悪口ばかり出ますね。聖女騎士は丁寧《ていねい》な言葉づかいをするようしつけられますが、ま、ここは『魔族を悪口で煽りまくる悪癖《あくへき》』をお持ちの我《わ》が師《し》匠《しょう》・ヴィクトリア様譲《ゆず》りということで。

「さて、ザコは片づいたので――」

フーゴさんたちの介抱《かいほう》を、と言おうとしたところで――私は、上空に目を向けざるを得なくなった。

強い魔の気配を上空に感じた。

森の木よりも遥《はる》か高い空に、有翼《ゆうよく》の悪魔《あくま》が浮遊《ふゆう》していた。

肌の色は紫《むらさき》、二本の短い角を額から生やした、禍々《まがまが》しい顔立ち。身体つきは筋骨隆々としていて、暴力的なフォルムをしている。

あれは中級魔族・ガーゴイルか。

「ほう、俺の部下を一撃《いちげき》か。しかも人質を全員救い出すとは。やはり只者《ただもの》ではないな」

魔術なのか、遠くからの声がはっきりと届く。私はあおり口調で対応した。

「あらあら、指揮官自らお出ましですか。よほど追い詰められていると見えます」

「よく言う。追い詰められているのは貴様らの方だというのにな」

「あら？　これから私に無惨《むざん》に殺される半端者《はんぱもの》の腐れ魔族が、よく強がること」

「――果たしてそうかな？」

ニヤリとほくそ笑み、口を閉ざす。口が堅《かた》い上に煽りにも乗ってこない。下っ端のようにはいかないか。

鉄巨人の姿は周囲にはない。全長8メートル以上の巨躯《きょく》な上、重量があるから大地を踏《ふ》む時に地面が揺《ゆ》れるもので、それで接近が分かる。けれどその兆候《ちょうこう》がないことから、鉄巨人はまだ遠くにいるようだ。

ガーゴイル自身が仕掛けてくる様子はない。私から充分《じゅうぶん》に距離《きょり》を取って空中に留《とど》まり、動こうとしない。なんだろう、鉄巨人の到着《とうちゃく》待ちか？

……あの余裕《よゆう》な態度はどこからくるのだろう？

色々考えてみたけれど、見えてこない。このガーゴイルは何を目的にしている？

――ふとガーゴイルの発言を思い出す。

「追い詰められているのは貴様らの方だというのにな」

貴様「ら」？　ら、とは何？　ここにいる聖女騎士は私一人だけだ。村人を戦力として計算しているのか？　あるいは、ジェリカにも今まさに襲いかかっている？

それとも、他の町を——

——そうか、そういうことか！

「タッケンか!!」

迂闊《うかつ》！　失念していた。タッケン周辺での所在不明者の多発、人間を魔術で支配下に置き、結界をすり抜けて結界の内部から攻《せ》める手法——狙《ねら》いはラーベル村だけじゃない！

私は素早く村に戻《もど》った。ガーゴイルに注意を払《はら》いつつ、アローナに指示。

「アローナ、今すぐタッケンに連絡を！　『タッケンに対し魔族による襲撃《しゅうげき》の兆候あり、最大限に警戒《けいかい》されたし』と！」

「はい！」

「それともう一通、『魔族に支配された人間は結界を通過し内部で破壊《はかい》活動を行うので要注意』とも伝えて!!」

「分かりました！」

アローナが聖堂に向けて駆《か》け出す。ガーゴイルは——浮遊したまま何もしてこない。結界を壊《こわ》そうともしてこない。

妙《みょう》な動きだが、この隙を利用しない手はない。今のうちに準備をしよう。

次いでサマンタさんにお願いをした。

「サマンタさん、今すぐ村人を聖堂に避難させてください。あと、フーゴさんたちは私が今から治療《ちりょう》します、すぐに歩けるようになると思いますが、もし介助《かいじょ》が必要ならお呼びしますので、お手伝いをお願いします」

「分かりました！」

「あと、ギードさんに言伝《ことづて》を。『この村に接近している魔物と魔族がいるか、どの方向から接近しているか、地下から接近してきている魔物はいるか、この三点をノームさんに伺《うかが》ってください』と」

「魔物と魔族の接近の有無《うむ》、ある場合はどの方角からか、地下からの敵は来ているか、ですね。分かりました」

サマンタさんも慌ただしく駆けていく。

私は村の広場からガーゴイルを睨《にら》みつけ、つぶやいた。

「思い通りにはさせませんよ、腐れ魔族」

そして聖剣を鞘に納め、フーゴさんたちのもとへ駆けつけた。

第五章

不肖《ふしょう》私・ジェリカは、聖女騎士《きし》候補生の時代から、それなりに場数を踏んできたと自負しておりましたが――今回は、過去一、二を争うほどに危険な状況《じょうきょう》ですわね。

残念ながら、フーゴという村人の捜索は打ち切らざるを得ない……。

――そうした悔しさと危機感と焦燥《しょうそう》を抱きつつ、私は今、断崖《だんがい》の上に立ち、タッケンの町を北東側から見ている。

城壁《じょうへき》に迫《せま》ろうとしている牛頭巨人《きょじん》ことミノタウロスが、確認《かくにん》できるだけでも六体……これは参った。

城壁の上から、兵士が魔物に向けて弓を放ち、魔導士が魔法《まほう》で攻撃をしている。しばらくは保ちそうだけれど――結界に接触《せっしょく》するのは時間の問題か。

その時――城壁から一筋の光が伸び、ミノタウロスの頭部を射抜《いぬ》いた。バォン、という発射音が、私のところにまで鳴り響《ひび》いた。

ミノタウロスが仰向《あおむ》けに倒れる。そのまま絶命する。

あれは聖なる弓の一撃。放ったのはタッケン駐在《ちゅうざい》の先輩《せんぱい》聖女騎士の方だ。私も幾度《いくど》かお会いしている。

「テオドーラ様ですわね。それにしてもミノタウロスを一撃とは……」

弓を使う聖女騎士は比較的珍《ひかくてきめずら》しい。威力《いりょく》があり遠距離攻撃《えんきょりこうげき》も可能だが、矢の本数がイコールで攻撃回数となり、それがそのまま制約となる。要するに、使いどころが難しい。

その制約を承知の上で使う――それは「それでも必ず勝つ」との確信に近い自信があるとの証左である。事実、テオドーラ様はタッケンに十年近く駐在されているベテランの聖女騎士、私以上に修羅場《しゅらば》をくぐり抜けてこられたに違いない。

なんにせよ見とれている場合ではない。加勢せねば。

タッケンが陥落《かんらく》すればラーベル村は絶体絶命。どちらを優先すべきか、それは一目瞭然。

――心残りがない訳じゃない。しかしブレるな。優先順位を見誤るな。

私の務めは『別命あるまでラーベル村に駐在すること』、けれどラーベル村から出るなとは言われていない。元より村の守護はジナの務め。彼女ならミノタウロスが十体以上出てきても、あっという間に捌《さば》いてしまうだろう。

であれば、自分がすべきことはタッケンの救援《きゅうえん》だ。タッケンを守ることでラーベル村の生命線を維持《いじ》する。そう決意する。決意したら、後はもうブレてはいけない。

私は馬を駆った。急ぎタッケンに向かう。

山を下り、森を抜けて草原地帯に出た。城壁もすぐそこに。

周囲にはウェアウルフにゴブリン——雑魚《ざこ》どもがチョロチョロと！

馬の速度を落とさず、聖剣で敵を薙《な》ぎ払いながら進む。

——先ほどからありえないものが見えているから、私はなお焦《あせ》っていた。

タッケンを囲む堅固《けんご》な城壁、その出入り口となる門の一つが、開いたままなのである。

いかに結界で守られているとはいえ、魔物《まもの》の総攻撃《そうこうげき》を受けている最中に城門を閉じていないなんて、正気の沙汰《さた》じゃない。

であれば、破られたと見るしかない。でも、どうやって？

門の間近に下級魔族《まぞく》がいた。内部に入れないところを見るに、結界そのものは機能している模様。それは何より。

まだ距離がある。祈りの時間はある。私は馬を走らせながら、聖剣を真上に掲《かか》げ、主に祈りを奉《ほう》じた。

「聖なる主よ、我らの住まいを脅《おど》かす悪《あ》しき魔《ま》を打ち払う光を、しもべに与え給《たま》え。栄光の主に讃美《さんび》を、その御威光《ごいこう》は原初《はじまり》から永久《とこしえ》まで——！」

剣先《けんさき》に聖なる光が集まっていく。

――短い祈りで集められる光は多くない。私の実力ではこの程度。

ジナなら――一瞬でこの場の魔物を焼き払うだけの光を集めるでしょうけれど。

弱い自分が悔しい。けれど、いずれは、友と肩《かた》を並べられるように――！

切っ先を下級魔族に向け、私は聖術を放った。

「――ディバインブラスト！」

聖なる光にて敵を貫《つらぬ》く攻撃型《こうげきがた》の聖術・《神光の祈り》を放った。

光の筋が、いくつかのゴブリンを消し飛ばしつつ下級魔族に迫る。魔族は光に気づき、両腕《りょううで》をクロスさせて防御《ぼうぎょ》した。

「ぐおおっ！」

下級魔族が仰向けに吹き飛ぶ。が――手応えがない。倒《たお》すことはできなかった。

しかし魔物どもをひるませることはできた。私は剣《けん》を振るいながら全速力で馬を走らせて、城壁を包囲する敵を突破《とっぱ》、門の内側に入ることができた。

――馬を止めて、まずは一息。近くにいた兵士に状況を聞いた。

「状況は⁉」

「ああ、聖女騎士様、ちょうどいいところに！　町に入り込んだ魔物を、どうか倒してください！」

──考えられない事態が起きていた。

「魔物⁉　結界は機能しているのでしょう⁉」

「は、はい！　ですが、人の形をした魔物が町に入ってきて、そこらじゅうで暴れておりまして。ここの城門も、歯車を壊されて閉じられなくなってしまい──」

すぐに思い当たった。

「それは魔物ではありませんわ！　魔族に操《あやつ》られている人間です！」

「え……？」

「なんにせよ私が対処致《いた》します！　あなたがたは持ち場を保ちなさい！」

「わ、分かりました！」

馬を駆りつつ私は毒づく。

「なんてこと……町の人たちを誘拐《ゆうかい》していたのは、内部から町を破壊させるためだったのですね。手の込んだことをしてくれる！」

魔族の支配を解くには聖女騎士の《解呪の祈り》が必要、けれど支配された人間は暴れ回っており、《解呪の祈り》を施《ほどこ》すならば、まず制圧しないといけない。しかし相手は人間だ、致命傷《ちめいしょう》を与える訳にはいかない……。

ある程度想定していたとはいえ、人質に破壊活動をさせるという卑劣《ひれつ》な手法には憤《いきどお》りを禁じえない。

「しかし――もしここまで考えてやったのだとしたら、たいしたものですわ」

魔族の狡猾《こうかつ》さには本当に恐れ入る。

城壁と住宅の間の道を進むと、多数の兵士に囲まれた女性が一人いるのを見つけた。

革製品《かわせいひん》や金属製のプレートで軽装備をしている――身なりからして冒険者《ぼうけんしゃ》か。右手には鉄製の剣。両目は血のように真っ赤に染まり、額には禍々しい紋様が浮かんでいた。

馬を止め、下馬し、包囲の後ろにいた兵士の一人に声をかけた。

「槍《やり》をお借りしますわ！」

「え？」

半ばひったくるようにして槍をもらう。柄《え》は木製、穂先《ほさき》と石突《いしづき》は金属製の、ごく普通《ふつう》の槍――充分ですわ。

「町の兵士は下がってなさい！　私が対応致します！」

大声で呼びかけ、包囲する兵士の間をすり抜けて私は前に進んだ。

「うがああああああ!!」

女性が私に攻撃してくる。私は槍を横薙《よこな》ぎに払って、振り下ろされる剣を左にはじいた。

女性がバランスを崩《くず》したところで、槍の石突で女性の左脇腹を横から叩く！

怯《ひる》む女性。その隙《すき》を利用して——

「スタンアタック！」

聖なる気を込めて、みぞおちに石突を突き当てた！

「ぐが……はっ！」

女性が前のめりに崩れ落ちた。失神した女性の側に私は膝《ひざ》をつき、地面に槍を置いて、両手を組んで祈りを捧《ささ》げた。

「聖なる主よ、その御名《みな》を崇《あが》めます。今この場にて、あなたの御民《みたみ》が魔の者に操られ、苦しめられています。この忌《い》まわしき縛《いまし》めから解き放つ力をお与えください。恵《めぐ》みの主に御栄《みさか》えあれ、我ら聖女の働きは悉《ことごと》く、能《あた》わざる事無き主の御力《みちから》によるものなり——」

《解呪の祈り》を使うと、女性の額から禍々しい紋様がなくなっていた。解呪に成功した証拠だ。

「しっかりなさい。目を開けるのです」

頬を軽く叩くと、女性が目を開いた。鳶色《とびいろ》の瞳が私を見つめている。

「聖女、騎士、さま……？」

「ええ、そうですわ。あなたを魔族の支配から解き放ちました」

「あ……ありがとう、ございます……いたた」

「ごめんなさいね、少々手荒《てあら》に制圧させていただいたので。今はゆっくり休みなさい」

「はい……すみません、冒険者、なのに、お力添《ちからぞ》えが……」

「お気になさらず。今はその身体を回復させることが肝要《かんよう》ですわ」

女性を兵士に預け、私は再び馬を駆る。

まずは城壁の内部の安定に努める、今はそれが最優先。

——負けてなるものですか！

○

「主よ、我ら主のしもべたちに癒《いや》しを与え給え——」

私は《快癒《かいゆ》の祈り》を捧げ、フーゴさんたちの痛みを取り除いた。スタンアタックはダメージを痛みに変換し激痛で失神させる技だから、ダメージ自体はゼロに等しい。

失神していたフーゴさんたちが目を覚ます。

私は両膝《りょうひざ》を地面につき、状況を説明した上で、謝罪した。

「ひどく打ち据えてしまい、たいへん申し訳ありませんでした」

フーゴさんは慌《あわ》てて手を振って、

「いえ、とんでもありません！　魔族から解放していただいて、回復もしていただいて。村の誰《だれ》かを手にかけずに済んだのもジナイーダ様のおかげです。私の方こそ感謝しなければなりません。ジナイーダ様、ありがとうございました」

逆に頭を下げてくださった。兵士の方々も同様に。

この地域の方々は本当に優《やさ》しい。優しさが心に染《し》み渡る。

しかし残念なことに、フーゴさんたちのご無事をお祝いする暇《ひま》はない。

「フーゴさん、急ぎ聖堂に避《ひ》難《なん》してください。中級魔族が村の外にいます」

「え⁉　中級……ですか？」

「大丈夫《だいじょうぶ》です、私がなんとかしますから。今は避難を」

お迎《むか》えに来られたサマンタさんに、フーゴさんたちのことをお願いする。一緒《いっしょ》にやってきたアローナには、フーゴさんの荷馬車を安全な場所まで引いていくようにお願いした。

入れ替《か》わる形で、ソラナさんのご両親、ギードさんとリーネさんがやってこられた。

「ジナイーダ様！　ノーム様からお話を伺って参りました」

「ありがとうございます、ギードさん。どうでしたか？」

「巨大《きよだい》な魔物が三体、東から南にかけての方角からやってきているそうです。ちょうど、地形的にも緩《ゆる》やかな斜面《しやめん》になっているようで、村に来るならそこからだろうと」

「なるほど」

「それ以外の魔物の気配はないとのことです。それと、地下からの接近は今のところ感じられない、とのことでした」

「そうでしたか。であれば伏兵《ふくへい》はないようですね。──ありがとうございます」

続けてリーネさんからも報告が。

「私の方でも、シルフ様にお願いをし、空中にいる敵を探《さぐ》っていただきました。そうしましたら、敵はあの魔族だけであるとのお答えがありました」

「空の敵はアレだけですね。ありがとうございます」

であれば。ガーゴイルは、自身と鉄巨人三体だけでこの村を襲撃してきたことになる。

……敵の数が少なすぎる気がする。

普通に考えて、聖女騎士《きし》一人で鉄巨人三体はけっこうハードだけれど……それでも何か引っかかる。この村を全力で落とす気がないような感じがして……。

──とすれば、真の狙いはタッケンで、この村への攻撃《こうげき》は陽動だとか？

仮にそうなら、魔族はこの村に眠《ねむ》る魔剣《まけん》の存在に気がついていない……。

……いや、考えても仕方ないか。お師様ならこういう時、「よく分からんからとりあえず全部消し飛ばしとくか」とおっしゃるでしょう。であれば私も、弟子《でし》として同じようにするだけだ。こっちを手早く片づけられたら、タッケンの守備隊も町の防衛に専念できるでしょうし、そもそも敵の数なんて少ない方がいいに決まっています。ちゃっちゃと片づけて魔法鉄をゲットしちゃいましょう！

私の方針が決まったのを見計らったように、リーネさんが話しかけてきた。

「ジナイーダ様、私どもにできることはありますか？　私ども夫婦《ふうふ》も村の守護をしております、どうぞなんなりとお命じ下さいませ」

「そうですね――」

できれば安全を最優先して、お二人には避難して欲《ほ》しいところ。けれど、少しばかりお手伝いいただきたいこともあった。

「リーネさんは、風を操ることができますか？」

「はい、風の精霊《せいれい》のお力をお借りするのは得意です。そのお力で、遠方にいるジナイーダ様と会話することもできます」

「あら、遠隔《えんかく》会話が。それは是非《ぜひ》お願いします。それと、風を操って細かい粉を空中に散布することはできますか？」

「粉、ですか？　ええ、できますが……」

リーネさんが不思議そうに首を傾《かし》げている中、私は言った。

「それはよかった。では今から空気肥料を錬成《れんせい》しますので、戦闘《せんとう》が始まった後、シルフさんの力でそれをガーゴイルの周辺に撒《ま》いてください。タイミングは私が合図します」

「かしこまりました。けれど──肥料を撒くのですか？」

「ええ。空気肥料は爆薬《ばくやく》にもなりますから。石灰《せっかい》を採取した時のように、あの腐れ魔族には粉々になってもらおうと思いまして」

「そ、そうですか……なるほど」

ご夫婦で困惑《こんわく》されていた。どうしてでしょうね？

「とにかく準備をしましょう。幸いガーゴイルは様子見に徹《てっ》しているようですし、鉄巨人は動きが遅《おそ》いので、村にたどり着くまでにはまだ時間があります。お二人にはまず、村の皆《みな》さんの避難が完了《かんりょう》したかどうかのご確認をお願いします。私は空気肥料の錬成をしながら、ガーゴイルの動きを注視しておきます」

お二人がうなずかれる。

「それと、危険だと感じたら躊躇《ちゅうちょ》なく聖堂へ避難なさってください。お二人に何かあってからでは遅いですから」

ソラナさんの悲しむ顔は見たくない。そうなるくらいなら、苦労してでも私一人でなんとかする。その決意を込めた。

リーネさんがもう一度うなずかれた。

「かしこまりました。ジナイーダ様も、お怪我《けが》をされたら聖堂へ避難されてください。回復をするまでの時間稼《かせ》ぎくらいなら、私でもできます」

ギードさんからも、

「ジナイーダ様、我々の力では頼《たよ》りないかもしれませんが、それでも、少しでもいいので私たちを頼ってください。その際は、微力《びりょく》ながら全力を尽《つ》くします」

嬉《うれ》しいお言葉を頂戴《ちょうだい》した。

聖女騎士にすべて任せていい状況なのに、お二人はどこまでも私を手伝おうとしてくださる。危険も承知の上のことだろう。

きっと、この村では「助け合う」ことが当たり前なのでしょうね。

その考え方が、私にはとても素敵《すてき》なものとして感じられた。

だからこそ私は強く思う――この村を守り切ってみせると！

「お二人ともありがとうございます。それでは準備をしましょう！」

私たちはそれぞれのすべきことを始めた。

◆

「――随分《ずいぶん》と落ち着いているな。やはり手練か？」

ガーゴイルである俺は、知能の高い中級魔族として、上空から冷静な分析《ぶんせき》をしている。

目下、聖女騎士は村にとどまり、俺に警戒をしながら何かを作っているようだ。慌てふためく様子は一切《いっさい》なく、余裕すら感じられる。

「カンは当たっていたか」

つぶやく。村にけしかけた下級魔族どもをあっさり片づけるほどだ、相当強い聖女騎士だろうと推測される。

これは好都合である。俺の目的はタッケンの街の破壊、その陽動としてこの村を攻めさせていたが、その意味では功を奏したようだ――損害が大きすぎたのがよくないが。

それでも、せっかくの成果だ、活《い》かさない手はない。あの女はここに釘付《くぎづ》けにする。足止めを確実なものとするため、鉄巨人三体も投じた。充分だろう。

――鉄巨人は存外、使い勝手が悪い。攻撃力と防御力《ぼうぎょりょく》は非常に高いが、歩くのが非常に遅いのが難点である。城攻めに使ったとしても、鉄巨人の歩行速度に合わせて魔物どもをけしかけねばならず、タイミング合わせがとても難しい。ややもすれば他の魔物が全部やられた後に鉄巨人がノコノコやってくるという痛い結果にもなりかねない。

そうなっては、あとはやられるだけだ。頑強《がんきょう》な鉄巨人も、人間どもに集団でチクチクと攻撃されてはいずれ力尽《ちからつ》きる。歩行速度が遅いから撤退《てったい》も難しい。

だからここで足止めに使う。強力な聖女騎士といえども、鉄巨人が三体もいては対処できまい。村の結界を破壊できればよし、聖堂まで破壊できれば上出来。成果なしであろうとも、タッケンが落ちさえすればよしとできる。

そのタッケンには、下級を二体と、ミノタウロス六体、雑魚ども多数と、操り人形《にんぎょう》にした人間を二十人ほど送った。これでタッケンが落ちるかどうかは――下級どもの奮闘《ふんとう》を期待することとしよう。

さあ聖女騎士よ。その余裕の態度がいつ崩れるか――見ものだな！

○

村の皆さんの避難は完了。アローナからは「タッケンからの返信がない」との報告を受ける。十中八九、タッケンも同様に魔物の攻勢《こうせい》を受けていると判断する。

ジェリカが戻ってこないところを見るに、おそらくはタッケンに向かい、そこで奮戦していることと思う。彼女のことだから「ジナならミノタウロスが十匹襲《びきおそ》いかかっても平気でしょう」とかつぶやいて、タッケンに向かったに違《ちが》いない。

──まったくもってその通り、任せてもらいたい。ジェリカ、健闘《けんとう》を祈《いの》ります。

空気肥料の錬成は完了した。水素、窒素《ちっそ》、酸素という三つの元素から作り出すそれは、目の粗《あら》い白い粒となって、村の広場に小さな山を作っている。それが風で飛ばないよう、リーネさんがシルフさんのお力をお借りして、その場に留め置いてくださっている。

私はガーゴイルに注意を払いつつ、村の南東側、段々畑の頂上に立つ。眼前に、段々畑と、結界の境界となっている木の柵《さく》と、その先が森となっている景色がある。

今日言われて初めて気づいたけれども、結界の境界から先の土地は、確かに、遠くの方までゆるい傾斜《けいしゃ》が続く地形となっていた。あのあたりを畑にしたら広い面積を取れて、効率的な農業ができそうだ。夢が広がる。

──遠くの森の木が、時折横倒《よこだお》しにされているのが見えた。

地面からも、かすかに振動《しんどう》が伝わり始めてきた。重量感のある足踏《あしぶ》みの振動。

ズシン、ズシン、ズシシン……。三体の鉄巨人の、群青色《ぐんじょういろ》の兜《かぶと》が見え始めた。

──ズシン。

鉄巨人が森の中で足を止めた。続けざま、大ナタのような巨大な剣が森から突《つ》き出て、暴力的な横薙ぎを振《ふ》るった。付近の木々が吹《ふ》き飛ばされ、鉄巨人の姿が顕《あらわ》になった。

上から下まで群青《ぐんじょう》一色の巨大な甲冑《かっちゅう》は、肩幅《かたはば》も胴囲《どうい》も極端《きょくたん》に大きく、胴体《どうたい》の大きさに比して頭部が小さい。この巨大な躯体《くたい》から繰《く》り出される一撃がどれほどの威力を持つか、それは容易に想像でき、その威容《いよう》は兵士や冒険者を震え上がらせると言われる。

鉄巨人を倒すのは手間がかかる——お師様でさえ、そうおっしゃっていた。

その時のことを振り返る。

——あれは、私が聖女騎士候補生だった頃《ころ》。

お師様に連れられて王国西方の山地に足を運んだ時に、偶然《ぐうぜん》にも鉄巨人と出くわした。

当時１１歳《さい》だった私は、「これは為す術がない」とすくみ上がったものだ。

一方のお師様は余裕綽々《よゆうしやくしやく》といった風情《ふぜい》で、

「ちょうどいい。ジナ、少し授業をしよう」

と言っている間に、鉄巨人が右手に握《にぎ》る大ナタを振りかぶり、猛《もう》スピードで振り下ろしてきた。それを、お師様が左手で掴《つか》んであっさり受け止めた。手甲《てっこう》の指の部分とナタの間には、白く光るオーラ——聖なる気が輝《かがや》いている。

「ご覧の通り、鉄巨人《きょじん》の攻撃力《こうげきりょく》は尋常《じんじょう》ではない」

——それをあっさり受け止めるお師様は、もっと尋常じゃなかったけれど。

鉄巨人、今度は空いた左手で拳《こぶし》を握り、振りかぶってくる。

するとお師様は、左手で掴んでいる大ナタごと、鉄巨人を背後の方へと無造作に投げ飛ばした。凄《すさ》まじい重量であるはずの鉄鎧《てつがい》の巨人が、放物線を描《えが》いて飛んでいく。

――ズズンッ!! 鉄巨人は墜落《ついらく》し、転がり、砂埃《すなぼこり》が舞《ま》って見えなくなる。

「あの程度では死なん。耐久力《たいきゅうりょく》も尋常ではない」

と、お師様。のんびりした感じで、鉄巨人のいる砂埃の方へ歩いていく。

「あの鎧は魔法鉄製でな。打撃《だげき》、斬撃に耐性《たいせい》があり、魔法についてはほぼ効かん。唯一《ゆいいつ》まともに通る攻撃が聖女騎士による聖剣《せいけん》技なのだが、ヤツ自身に底知れぬ耐久力があって、何十回と攻撃してもまだ立ち上がってくる。アレを倒すのは手間がかかるものだ」

砂埃の奥《おく》で、大きな人影《ひとかげ》が立ち上がったのが見えた。

それでも構わずお師様はずんずん進んでいく。

「しかし裏技《うらわざ》がある。一度しか見れんからな、しっかり見ておけよ」

お師様が振り返り、私に微笑《ほほえ》む。殊勝《しゅしょう》な笑みとはこのことだろうと思った。

お師様の姿が消える。一瞬《いっしゅん》後には、お師様の姿は鉄巨人の兜の前にあって、お師様が生み出した突風《とっぷう》が、砂埃を吹き飛ばしてしまった。

お師様、無造作に右拳で鉄巨人の兜を殴《なぐ》り飛ばした。ガイン！　と金属質な音がして、鉄巨人が立ちくらみを起こす。

その隙に、お師様は鉄巨人の首元に着地、左の手のひらを鉄巨人の目元――『目』の役割を果たす二つの赤い燐光《りんこう》が妖《あや》しく光る部分にあてがって、こう叫《さけ》んだ。

「――ディスペル！」

閃光《せんこう》がした。刹那《せつな》の閃《ひらめ》きが消えると、目の赤い燐光が消えてなくなっていた。

魂《たましい》の消えた鉄の鎧が、引力を思い出したかのように瓦解《がかい》していく。お師様は飛び退《の》いて私の目の前に降り立った。

「鉄巨人の内部には『魔術《まじゅつ》で作った仮初《かりそ》めの魂』があり、その魂が鎧を動かしている。魂は魔術で作ったものだから、ディスペルで消滅《しょうめつ》できる。しかし魔法鉄の鎧がディスペルを阻《はば》み、通常は放っても弾《はじ》かれる。隙間《すきま》にディスペルをねじ込《こ》めばいいのだが、目立った隙間はあの目元にしかない。当然、ああやって目元に取りつけば、鉄巨人は無理にでも引き剥《は》がそうとする。ぶん殴った衝撃《しょうげき》で鉄巨人に立ちくらみを起こさせたとしても、隙はほぼ一瞬となる。故に、短縮詠唱《えいしょう》術を極《きわ》めていなければならない」

お師様はとても楽しそうに解説なさった。

「ま、つまり私にしかできん裏技という訳だ。ジナ、今すぐにとは言わん、しかしお前もいつかは、これができるようになれよ」

私は理解が追いつかず、愉快《ゆかい》そうに笑うお師様を、ただ眺《なが》めているしかなかった……。

——あれから五年。

努力に努力を重ねた結果、私は、お師様の裏技を実現できる実力を身につけた。

今がその実力を発揮する時。何しろ裏技で倒した後は、『無傷の魔法鉄』を大量に入手できるのだから！

あれだけの魔法鉄があったら、あれも作れてこれも作れて……いやいや、いけない。夢を膨《ふく》らませるのは事が済んでからにしよう。

鉄巨人は、かなりの間隔《かんかく》を空けて村の東から南に立っている。一体を攻撃している間にもう二体で村の結界を攻撃する、などと考えているのでしょうけど——無駄《むだ》ですよ。

それにしても、あのガーゴイルはつくづく運がない。この村にいた聖女騎士が私でなければ、成功したでしょうに。

そしてそれは、この村の皆さんにとっては幸運だったということだ。

私は耳元にいる小さなシルフさんに話しかけた。

「リーネさんと繋《つな》いでください」

黄緑の髪《かみ》をしたシルフさんがうなずいた。これで遠隔会話ができる。

「リーネさん、始めます。空気肥料はまだ留めておいてください」

「――分かりました」

リーネさんの声が届く。私は一瞬目を閉じ、大きく息を吸って、

「行きますか！」

畑の頂上から飛び上がった。即座《そくざ》に聖術を使用。

「セイクリッドプレート！」

短縮詠唱で聖なる盾《たて》を作り出した。これは《聖盾の祈り》――白色の地に金色の装飾《そうしょく》が施された、淡《あわ》く発光する盾を作り出す聖術である。

私は、空中に出現したその盾の裏側に乗る。地面に立っているかのように揺るがない。そして聖盾は私の思い通りに空中を移動するから、私はこれに乗って空中をすばやく移動できるのだ。

「――よしっ！」

聖盾に乗って鉄巨人に向かって突き進《すす》む。風の切れる音が両耳に届いては、通り過ぎていく。普段《ふだん》味わえない浮遊《ふゆう》感は、爽快《そうかい》さと緊張《きんちょう》をもたらす。

真正面にいた鉄巨人の首元へあっという間に到達《とうたつ》。盾を飛び降り、スピードに乗った勢いのまま、鉄巨人の頭部に飛び蹴《げ》りをかました。

軽くのけぞる鉄巨人。私は鉄巨人の左腕《ひだりうで》に着地し、鎧伝いに登って兜に取りついた。バイザーの縁《ふち》の部分を右手で握って姿勢を安定させ、左手を鉄巨人の目元にかざす。

鉄巨人が鬱陶《うっとう》しそうに身悶《みもだ》えする。ちょうど、人間が目元に止まった羽虫を振り払おうとするように、空いた左手が持ち上がる――

――その手で私が押《お》しつぶされる前に、私は聖術を使用した。

「ディスペル！」

短縮詠唱術を使い、最短で《解呪の祈り》を発動！　閃光が視界を白くする！

直後、魔術で作られた仮初めの魂が消滅し、巨人の鎧がバラバラになりながら地面に落ちていった。崩れた鎧は、二度と元に戻らない。

私は崩壊《ほうかい》が始まった直後に飛び、聖盾を呼び寄せこれに着地する。

ちなみに――聖なる盾に乗って空中移動をするこのやり方は、誰あろうお師様が考案されたものだ。

「聖盾を踏《ふ》みつけるなど罰当《ばちあ》たりだからな、エーファ様にバレないようにやれよ」

とはお師様からの忠告である。あの方は本当にお人が悪い。

――その教えを忠実に守っている私も、人のことをまったく言えませんけれど。

「な……！　き、貴様、鉄巨人を一撃《いちげき》で⁉」

ガーゴイルの慌てふためく声が届いた。あらあら、たいそう驚《おどろ》かれているようで。

でも、私の攻撃はこれだけでは終わりませんよ！

――続けて左の方へ。同じように鉄巨人の頭に蹴《け》りを入れ、くらんでいる隙に頭に取りつき、ディスペルを唱える。

二体目の鉄巨人を倒し、聖盾に乗って最後の右の方へ――としたところで、

「おっと！」

闇《やみ》色の矢が複数飛んできて、私はらせん状に旋回《せんかい》することで回避《かいひ》した。

見上げると、ガーゴイルが攻撃してきていた。やれやれ。

すると――私の右の耳元にいる小さなシルフさんが、リーネさんの声を届けてくれた。

「ジナイーダ様、あの者の攻撃を妨害《ぼうがい》することができます。今のうちに」

「承知しました！」

私は構わず鉄巨人に向かった。

――嵐《あらし》のような風が、ガーゴイルに向けて吹くのを感じた。

横目で見ると、大人の女性の姿をした精霊が竜巻《たつまき》を生み出し、その竜巻の中に水の刃《やいば》が幾重《いくえ》にも生じて、ガーゴイルを切り刻もうとしていた。

ガーゴイルはそれを嫌《いや》がって回避に転じた。ダメージは浅そうだけれど、ガーゴイルは

攻撃どころではなくなっている。

水の刃はウンディーネさんだとして。

「あれは、エアリアルさんでしょうか?」

女性形の風の精霊を見て私はつぶやいた。シルフさんの上位におわす精霊だ。

それほどの精霊と契約《けいやく》しているとは。あのお母様、かなりの実力者だとお見受けする。

ガーゴイルの妨害が止《や》んだ隙を逃《のが》さず、私は最後の鉄巨人の頭部に取りつき、ディスペルを唱える。鉄の鎧が瓦解する。

そして、私は耳元のシルフさんに伝えた。

「リーネさん、仕掛《しか》けましょう。空気肥料をガーゴイルへ!」

「はいっ!」

エアリアルさんが、私の作った白い粒子《りゅうし》を大量に巻き上げる。

風に乗り巻き上がった粒《つぶ》が、ガーゴイルの周囲に撒き散らされていく。こうして、ガーゴイルの周囲は靄《もや》がかかったようになる。

私は聖盾に乗ってガーゴイルに接近、鎧の隠《かく》しに入れておいたガラスアンプルを取り出して、ガーゴイルの下方に投げつけた。

「?　何をしている、小賢《こざか》しい!」

ガーゴイルが魔術を発動させせようとしている。まあどうせ闇の矢でしょう。

「あなたにプレゼントですよ。では、どうぞ」

ガーゴイルが魔術を使う前に、私は右手の指をパチンと鳴らした。

それを合図に錬金術式《れんきんじゅつ》を作動。ガラスアンプルの外殻《がいかく》に刻まれた《圧縮》の錬金魔法《れんきんまほう》が作動する。

ガラスアンプルの中に入っている高性能爆薬《ばくやく》ことニトログリセリンが、圧縮魔法によって起爆《きばく》する。この爆発は、周囲の大量の空気肥料——硝安こと硝酸《しょうさん》アンモニウムに熱と衝撃を伝え、爆発を引き起こしていく。

硝安は粒子状《りゅうしじょう》に散布されていて、可燃性の粉塵《ふんじん》が密度の濃《こ》い状態で着火すると、連鎖的《れんさてき》に燃え広がって大爆発《だいばくはつ》を起こすことが知られている。

結果、ガーゴイルを取り巻く硝安の白い煙幕《えんまく》の下から上へと、紅蓮《ぐれん》の炎《ほのお》が超高速《ちょうこうそく》で伝わっていって——

ズガアアァァァンンッッ!!

全身を、内臓から震《ふる》わせる衝撃波《しょうげきは》と轟音《ごうおん》が、生じたのだった。

衝撃と轟音が、身体にじぃぃぃんと来る。たまらない……！

「ああ、やっぱり爆破《ばくは》って痺《しび》れますね……。癖《くせ》になります」

なんとも言えない爽快感に、しばし浸《ひた》った。

さて、下から上の爆発に見舞《みま》われたガーゴイルは、丸焦《こ》げの状態で上方に吹き飛ばされ、今まさに吹き上がる勢いがなくなって、落下しようとしていた。

そこに追い打ちをかけるのは、リーネさんが契約されているエアリアルさん。真空の刃を作り出し、動けなくなったガーゴイルの羽をたやすく斬《き》り落とした。

これでガーゴイルは飛行できなくなる。後は煮《に》るなり焼くなりいかようにも、といった感じだ。

「ギードさん、リーネさん、ありがとうございました。ご協力に感謝致します。ガーゴイルにトドメを刺《さ》して参りますから、念のため周囲警戒《けいかい》をお願い致します」

私は聖盾を操り、ガーゴイルの墜落地点の手前へ。地上に降り立ち、聖盾を解除する。

村に続く道のど真ん中に墜落したガーゴイルは、うつ伏《ぶ》せの状態から、震える腕《うで》で上半身を起こそうとしていた。

「あらあら、大変そうですね」

私は右手に聖剣を握り、ゆっくり近づく。

ガーゴイルが顔を向け、私を睨《にら》みつけてきた。とても悔《くや》しそうな顔をしている。

「ぐ……くそ……。爆発を伴《ともな》う聖術など……聞いたことないぞ……！」

「それはそうでしょう。だってあれ、錬金術ですから」

「錬金術、だと……⁉　貴様、聖女騎士では、ないのか……？」

「聖女騎士ですよ。なりたての新人ですけれど」

「なりたて⁉　ふざけるな、お前のような新人が、いるかァ‼」

「と言われましてもねぇ。現にこうしている訳ですし」

「訳が分からん、いったい、どうなって……」

「謎解《なぞと》きは死んだ後にどうぞ」

私は聖剣を眼前に構え、祈りを捧げた。

「主よ、巷《ちまた》を荒《あ》らす忌むべき者を焼き尽くす、聖なる光を与《あた》え給え――！」

聖術・《神光の祈り》を発動。剣の切っ先に光が凝縮《ぎょうしゅく》されていく。

光は強烈《きょうれつ》な眩《まぶ》しさを放ち、少し薄暗《うすぐら》い森が昼間のように明るくなる。光はそれだけでなく、ギリギリギリと不吉《ふきつ》な音まで立てている。

「な……⁉　どうして、そんな威力《いりょく》を……⁉」

「お師様に鍛《きた》えられましたので。それに――私、人々の生活を脅《おど》かし、私の農業を邪魔《じゃま》する魔物《まもの》と魔族《まぞく》が大嫌《だいきら》いですから、綺麗《きれい》さっぱり消えていただこうかと思いましてね」

「う、う……うわあああァァ!!」

ガーゴイルは、最後の力を振り絞《しぼ》ってという感じに森の中へ逃走《とうそう》を始めた。

「翼《つばさ》をもがれ、力も失い、もはや逃《に》げるのみですか。哀《あわ》れですね」

その後姿に剣の切っ先を向ける。左手は腰《こし》に回す。

そして私は締《し》めくくりの祈りを捧げた。

「栄えあれ《グロリア》！　主の御威光《ごいこう》ここに現れ、義の光にて魔《ま》を打ち砕《くだ》かん――！」

その瞬間《しゅんかん》――刹那の間、静けさが訪《おとず》れる。そして、

「――ディバインブラスト！」

凝縮された聖なる光が放たれて、ガーゴイルを一瞬で呑《の》み込み、そして消し飛ばした。

バガアアアァァンッッ!!

遅《おく》れて音がやってきた。爆破のときとはまた違う大轟音。

そしてすぐに光が収まる、のだけど……

「あ」

聖なる光が通り過ぎた跡《あと》が、森にくっきり残ってしまった。

それだけでなく、その先、遥《はる》か遠くの山の尾根《おね》を、軽く削《けず》り取っているのも見えた。

「あっちゃあ……やりすぎた」

私は気まずさのあまり、まばたきを連打しながら右斜め上を向き、左斜め上を向き、顔面に冷《ひ》や汗《あせ》を一通り流して——

「——ま、大丈夫でしょ。知らんぷりしましょ」

納剣《のうけん》。急ぎ足で村へ戻《もど》っていった。

村を脅かす魔物と魔族はいなくなった。ノームさんやシルフさんに念のためお尋《たず》ねすると、「付近に魔物はいない」とのこと。私は、脅威《きょうい》は去ったと判断した。

避難指示を解除する。聖堂に避難していた村の人たちが外に出て、喜びを味わった。

「ジナさまーっ！」

ソラナさんが駆《か》け寄ってくる。

「お父さんたちから聞きました！　すっごく活躍《かつやく》されたって!!」

「活躍、しましたかね？　むしろご両親様の方が活躍なさっていたように思いますよ」

「そんなことないですよ！　ジナ様すごいです！」

ソラナさんに讃《たた》えられて、少し照れくさかった。

「お疲《つか》れ様《さま》です、ジナ様」

アローナがやってきた。

「ちょうど今、タッケンから連絡《れんらく》がありました。城壁《じょうへき》の結界石を一つ破壊《はかい》され、門の一つが機能不全となったものの、結界の維持《いじ》には支障なし。ミノタウロスはすべて倒《たお》し、下級魔族も討伐《とうばつ》、状況《じょうきょう》は峠《とうげ》を越《こ》したそうです。今は残敵の掃討《そうとう》に移っているとのことで、心配ご無用とありました」

「そうでしたか。何よりです」

「あと、ジェリカ様が大活躍《だいかつやく》だったそうですよ。魔族に操《あやつ》られている人たちをほぼ無傷で制圧して、《解呪の祈り》で支配を解いていったそうです。ジェリカ様のおかげで誰一人《だれひとり》命を落とすことなく、また結界石の損傷も一つで済んだとのことでした」

「なんとまあ、さすがジェリカですね」

親友の私としても鼻が高い。

「さて、とりあえず後片づけをしましょうか。鎧も回収しておきたいですし」

「鎧？」不思議がるアローナ。

「鉄巨人の鎧ですよ。魔法鉄《まほう》がたーんまり手に入りましたから、一つ残らず回収しておかないとね」

「あー……なるほどぉ～」

「では、ちょっと行ってきますね」

呆《あき》れ気味《ぎみ》のアローナを置いて、私は段々畑を飛び跳《は》ねるように降りていった。

後片づけが終わった後、サマンタさんから「村人全員で集まってパーティをしたい」とのお申し出があった。曰《いわ》く、

「日頃《ひごろ》の感謝と、村の窮地《きゅうち》を二度も救っていただいたジナ様へのお礼を込めて、ジナ様を主賓《しゅひん》に宴《えん》を開かせていただきたいのです。これは父ハイモの願いでもあります」

とのこと。ただ——すぐにサマンタさんの表情に陰《かげ》りが。

「と言いつつ、うちの父含《ふく》めて、気分が高揚《こうよう》した男衆が酒飲みたいだけなのですが……」

「よく分かりませんけれど……色々ご事情があるようで」

「ええ。男連中には『酔《よ》っ払《ぱら》ってハメ外しすぎるな』と、きつく申し付けておきますから、ジナ様にはどうかご参加をいただきたく」

「ええ、もちろん大丈夫ですよ」

私は快諾《かいだく》させていただく。その後、この話をアローナにすると、

「ふえっ、パーティですかっ⁉　やった、お料理いっぱい作れるぅ〜〜〜‼」

という感じに、とても喜んでいた。ハンナも快諾してくれる。

ジェリカがいないのが寂《さび》しいけれど——日を改めて、何かできたらと思う。

昼過ぎから早くも設営が始まった。私も何かお手伝いをと思ったら——

「ジナ様は主賓なんですから、始まるまでどうかこちらで、ごゆるりと！」

と、上座に用意された椅子《いす》を勧《すす》められてしまって。

「ジナ様、戦って後片づけもされてお疲れでしょうから、こちらをどうぞ」

飲み物まで用意される始末。

うーん……皆さんが働いている中、一人くつろぐのって、なんだかつらい。

でも座《すわ》っていろということだから、皆さんのご好意に甘《あま》えよう。

会場となる広場で、男性陣《だんせいじん》が協力してテーブルを運んでいる。

その時——不意に、過去の記憶《きおく》が蘇《よみがえ》った。

『——村では楽しいことが少ないからね。だからみんな、明日のお祭りを楽しみにしているんだよ』

あれは私が４歳の頃だから……十二年前か。父が私の手を握って、そう言ってくれたのを覚えている。どんなお祭りだったかは忘れたけれど……。

ラーベル村の女性陣《じょせいじん》が、石で作った竈《かま》に大きな鍋《なべ》を載せて、煮込《にこ》み作業をしている。

『――ジナ、味わって食べなさい。最後の炊《た》き出しだから』

母が私の傍《そば》に寄り添《そ》って、自分の分まで私の器に注いでくれる。

時期的に十一年くらい前か。空は灰色、秋なのにもう雪が降っていて、土地は薄《う》っすらと雪化粧《ゆきげしょう》、その下の地面には緑がなく……。


ハッとなった時には、ラーベル村に戻っていた。

……どうして思い出すんだろう?

私は右手を口元にあてがって、顔をうつむかせ、眉間《みけん》にシワを作っていた。

思い出すまいとしても――また思い出してしまう。

『ジナ。よく聞きなさい。これからは、丘《おか》を登ったところにある小屋で過ごすんだよ』

父が私の両肩《りょうかた》を掴んで、そう言った。前とは打って変わって、ガリガリに痩《や》せた父の顔。

これが父との最期《さいご》の別れとなる。

母と妹の姿はない。二人はもう……。


意識がラーベル村に戻ってくる。

見上げると、村の人たちの表情は朗《ほが》らかで、誰《だれ》もが笑っていた。

タッケンから来られた大工さんたち、兵士の皆さんも、リラックスされていた。

この村は平和だ。愛《いと》おしいくらいに……。


今は無き私の故郷・ヴェストハイム村での日々も、あれが始まるまでは楽しかった。

すべてはあの時から変わっていく……。

あの時の記憶は私の心を軋《きし》ませる。でもその記憶が悲惨《ひさん》なものだからこそ、この村の光景が、人々が、とても輝いて見える。

このラーベル村を私の故郷のようにはしたくない、この村を守りたいと、強く思った。

けれど、この強い感情の正体はなんなのだろう……。


——ああ、そうか。

私はこの村が好きなんだ。

好きだからこの村を守りたくて、好きだからここにいたいと願う。そして叶《かな》うなら、あの時失われた生活の続きをこの村でしたいと。強く、思っている。

こんな私的な感情で務めに臨《のぞ》むなんて、聖女騎士《きし》として失格だろう。私の務めは魔剣《まけん》の封印《ふういん》の死守に村の守護、使命として農業振興《しんこう》がある。

でも願わずにはいられない。責務とか使命とか関係なしに、ここにいたい……。

だってこの村はとても素敵で、私の大好きな居場所になっているのだから。

考《かん》え込《が》んでいると、アローナが料理の手を止めて様子を見に来た。

「ジナ様、どうなさいましたか？」

「あ……いえ」

大丈夫《だいじょうぶ》と言って強がるべきところ、それができなかった。

考えはまとまらないし、感情が独り歩きして、じっとしてくれない。

自分ではどうにもならなそうだ。パーティ前にこんな気分でいるのはよくない。

だからアローナに打ち明けようと思った。心の中身を吐《は》き出して彼女《かのじょ》に指南して欲しいと思う。なんでもいい、自分がどうすべきか、どうあるべきかのヒントが欲しかった。

「少し、いいですか？　聖堂で待っていますから」

アローナに言うと、少し意外そうにしつつ、すぐに真剣《しんけん》な顔になった。

「はい。すみませんが少しだけお待ち下さい、キリのいいところで行きます」

誰かに打ち明けられると分かったら、それだけで気が楽になるのは不思議なもの。微笑《びしょう》を作れる程度の余裕《よゆう》もできた。村の人に笑《え》みを振りまきつつ、聖堂に入った。

聖堂の祭壇《さいだん》の前には行けず、扉《とびら》の隣《となり》に立つ。薄暗くて静かな聖堂が居心地《いごこち》よく感じる。

「ジナ様ごめんなさい、遅くなりました。何かありましたか？」

アローナが聖堂に入ってきた。

私は思ったことをすべて、口にした。

——私の出身地のことも。

アローナはショックを受けていた様子だった。言葉がないほどに。

話し終えると、アローナは私の両手を握って、こう言ってくれた。

「ジナ様。私は賛成ですよ、聖女騎士として失格とか、そんなことは全然思いません。務めとして義務的に村を守るよりも、守りたいって気持ちがあって村を守る方が、ずっとずっと、素晴《すば》らしいと思います。ジナ様がこの村を好きになってくれたこと、村の人たちにも伝えましょう。きっと喜んでくれますよ」

「……重い話になるけれど、大丈夫かしら」

「大丈夫ですよ。確かにつらい思い出話になりますが、それを乗り越えて、こんな立派な聖女騎士になって……ふえええぇぇぇ～！」

「ちょっとアローナ、あなたが泣いてどうするの」

「だって、涙《なみだ》なしには聞けませんよぉ～！」

情にもろい、素敵な神殿《しんでん》女官だ。私は人にも恵《めぐ》まれたように思う。

――心が晴れた。若干《じゃっかん》の躊躇《ちゅうちょ》は残るけれども、村の人にも話そうと決める。

日が傾《かたむ》いてきた頃、準備が整った。

まず村長のハイモさんとサマンタさんが軽く挨拶《あいさつ》をして、それから、私から一言という ことで挨拶をさせていただくことになった。

「みなさん、宴の準備お疲れさまでした。まずは村が守られたことの感謝を、聖なる主に お捧《ささ》げしたいと思います。――主よ、御助《みたす》けと御恵《みめぐ》みに感謝申し上げます」

まずは挨拶らしい挨拶をし、短く祈りを捧げる。

「続いてですが、私がこの村に来て感じたことと、私自身のことを少しお話しさせていた だきたいと思います。少々重い話になって申し訳ないのですが、いずれ分かることだと思 いますので、勝手ながらこの場をお借りしたいと思います」

村の方々が傾注《けいちゅう》される中、私は言葉を紡《つむ》いだ。

「私は十年前に神殿に引き取られました。引き取られる前は、谷あいの小さな村で過ごし ていまして――一部の方にはお話ししましたが、私もかつては村娘《むらむすめ》でした。ノルトヴェル カ地方の北西にある、ヴェストハイムという村が私の故郷です」

「――ノルトヴェルカ？」

反応したのは、ジェリカ付きの女官・ハンナだった。ベテランなだけあって、事情を知っているようだ。

「あ……失礼致《いた》しました」

「いえ。ハンナ、よければ皆《みな》さんに、ノルトヴェルカのことを簡単にご説明いただけますか？　私の口からは、少し憚《はばか》りもあって」

「左様、でございますか。それでは僭越《せんえつ》ながら」

ハンナが説明してくれた。

「ノルトヴェルカ地方は、王都シェーナブルネンの北側にある地域です。その全域が肥沃《ひよく》な土地に恵まれていて、『種を植えればそれがなんであれ必ず豊作となる』――そのように謳《うた》われるほどの、王国屈指《くつし》の穀倉地帯なのです。ただ……」

一度区切ったハンナ。少し間を置いて続ける。

「……十二年前、そのノルトヴェルカ地方で、作物が軒並《のきな》み枯《か》れる大凶作《だいきょうさく》が発生して、それが二年間続いたことがあります。【ノルトヴェルカ大飢饉《だいききん》】――領民の八割が餓死《がし》したとされる、歴史上類を見ないほどの大飢饉となりました」

「大飢饉……そ、それじゃあ」

ソラナさんが私を見つめている。そこからは私が語った。

「私も飢饉《ききん》を経験しました。どう言えばいいのか……言葉にならないほどの経験でした」

あの時の記憶が頭を巡《めぐ》る。空も大地も灰色の景色。それが一年、二年と続いた。

「それと――領民の八割が餓死したとされますが、平均を取ればそうなるとのことで、実際は、国からの支援《しえん》がある程度行き届いた東部地域では、比較的《ひかくてき》生存者が多かったと聞いています――それでもかなりの方が亡《な》くなられたそうですが。

一方、私がいたヴェストハイム村を含む西部地域では、飢饉に加えて疫病《えきびょう》も発生し、それが他の地域に伝染《でんせん》してはいけないということで、領主様は早い段階で支援を打ち切り、西部地域と他地域を結ぶ道を封鎖《ふうさ》してしまわれました。

結果――見捨てられる形となった西部地域の状況は、お師様曰く『凄惨《せいさん》の一言に尽《つ》きる』とのことで。西部地域での生存者は、全体で二十名程度だったそうです」

一息。ため息のような吐息《といき》となる。そして私は言った。

「実際、私のいた村では……私以外、全滅《ぜんめつ》でした」

全滅。嫌な言葉だ。けれどこの言葉を使う以外に表現のしようがない。

父も。母も。小さかった妹も。村のおじさんもおばさんも。村長さんも。力自慢《ちからじまん》のお兄さんも。歌が上手だったお姉さんも。

みんな死んだ。私の知らないところで。

村のみんなが死んだことは、お師様の口から聞いた。

お師様は『まだ生存者がいるはずだ。領主が見捨てた土地は私が救う』と啖呵《たんか》を切って、強引《ごういん》にノルトヴェルカ西部地域に入り込んだそうだ。

ヴェストハイム村にたどり着いたお師様は、一軒《けん》一軒丁寧《ていねい》に生存者を探して回るも、生存者は見つからず。私の家族は、父、母、妹の三人で手を繋いで亡くなっていたという。

私が助かったのは、疫病が村に入り込んだことを知った父が、私を村の丘の中腹にある小屋に向かわせたから。そして父が、死の間際《まぎわ》に「丘の中腹の小屋に娘がいる」とメモを残しておいてくれたから。それがなかったら、私も死んでいたはずである。

私は粗末《そまつ》な小屋で半年以上、一人で過ごした。父が用意してくれた食料は程《ほど》なくして尽きてしまって、それからは小屋の周りにあったわずかな植物を、少しずつ食べていって。

迎《むか》えが来るのをひたすら待った。

最後の方は水を飲む力もなくなって、意識がなくなり――その直後にお師様に助けられた。あと三十分遅《おそ》かったら助けられなかったかもしれない、本当にギリギリだったと、お師様がおっしゃっていた。

「明日、食べるものがない。次の日も、その次の日も、食べるものがない。来る日も来る日も、飢《う》えと孤独《こどく》と寒さに震え、食べられるものは草の根だろうが木の皮だろうが何でも食べて、最後は沸《わ》かした土混じりの雪解け水を飲んで、ただ助けを待つばかりの日々……。それって、とても、とても、辛《つら》いことですから。だから私は農業をやりたいと思いました。たくさん植えて、たくさん育てて、たくさん収穫《しゅうかく》して、たくさん蓄《たくわ》えたら、誰も飢えずに済むと、そう思ったからです」

私が使命を農業振興としたのは、この経験があったから。

「最初は――この村に来た時は、農業ができればそれでいいと思っていました。溜《た》め込んだ知識をやっと発揮できる時が来たと、今までできなかったことを思う存分できると、それが嬉《うれ》しくて仕方がありませんでした。

同時に私は、私一人が頑張《がんば》ればいいと思っていました。私が努力すればいい、私が結果を出せばいいのだと。

けれど、村の皆さんはとても優《やさ》しくて、愛らしい方々ばかりで。私が無茶《むちゃ》をしても眉《まゆ》をひそめることなく、私を受け入れてくださって。神殿では変人扱《あつか》いだった私なのに、皆さん、私をジナ様とお呼びくださり、大切にしてくださって……」

いつしか下がっていた顔を、私は上げた。

「最近、昔のことをよく思い出すようになっています。でもそれは、『この村であの時の続きがしたい』という思いがあってこそのもの。思い出してつらくもなりますけれど、それ以上に、ここにいたい、この村にずっといたい、この村を守りたいって思いが溢《あふ》れて、とても心が温かくなるのです」

それを証拠《しょうこ》に――私は今、自然と、笑っていられる。

「私、この村が好きです。務めや使命がなかったとしても、私はここにいたい。皆さんと一緒《いっしょ》にこの村を豊かにしていきたい。できることなら畑をもっと大きくして、もっとたくさん作物を育てたい。そんなふうに思っています。ですから、どうか、これからもよろしくお願い致します」

締めくくりにお辞儀《じぎ》をした。

少々どころか、かなり重い話になってしまった。動揺《どうよう》させてしまったことだろう――顔を上げるのが怖《こわ》い。

でも。怖がることはなかった。

「ジナ様ぁ～！　もう一生ついていきますぅ～!!」

まず大声を上げたのはアローナだった。情に厚い彼女は号泣《ごうきゅう》していた。

「ジナ様、ずっとこの村にいてください！　私も、ジナ様のことが大好きですっ！」

ソラナさんが嬉しいことを言ってくれる。

「ジナ様。この村があなたにとっての第二の故郷になるように、私たち村の一同も努めて参ります。私たちはジナ様と共にあります」

サマンタさんも力強く笑ってくださり、

「──どう、みんな？　ジナ様と一緒にこの村を盛り上げていこうじゃないの！」

村の人に呼びかけると、

「おうよ！　若いモンを呼び返せるようにしねぇとな！」

「そうそう、腰が痛いだとかなんとか、弱音は言ってらんないわね！」

村の方々が朗らかに笑う。

「ジナ様、タッケンの一同も、ラーベル村の発展を願っております！」

兵士の方々や大工の皆さんもおっしゃってくださった。


ああ……温かい。

これまでの努力が報《むく》われたかのよう。

聖なる主に、お師様に、そしてここにいるすべての人に、心からの感謝を。

「では、ジナ様。乾杯《かんぱい》の音頭《おんど》を！」

サマンタさんが木製のジョッキを手にする。他の方々も自分のコップを手にする。

私もそれに倣《なら》って、自分のコップを手にするのだけど――

「あの、乾杯の音頭って、どうするのでしょうか？」

なにぶん、世情には疎《うと》いもので……。村の方々の笑いを誘《さそ》う。

「記念にしたいことや願い事を述べて、乾杯とおっしゃってください」

ハンナが教えてくれた。

記念にしたいこと、願い事は、すぐに一つずつ思《おも》い浮《う》かんだ。

「では、今日の日の喜びを記念し、ラーベル村のこれからの発展を願って」

私はコップを掲《かか》げた。

「乾杯」

「「「かんぱーいっ!!」」」

――この日のパーティは、これまでで最も楽しいひと時となった。

エピローグ

ある日の夜。私・ヴィクトリアは、エーファ様の執務室《しつむしつ》にいた。執務机《づくえ》の前にあるソファに、私とエーファ様二人で向かい合って座っている。

大聖女様と内密の話をするには、ここに限る。

「──以上が報告となります。我《わ》が弟子《でし》はアローナやジェリカ、ハンナと楽しく過ごしているようですよ」

ラーベル村のアローナから上げられた報告書、その要旨《ようし》を伝えると、エーファ様は静かに微笑《ほほえ》んだままうなずいた。

「報告ありがとう、とりあえず大丈夫そうで何よりね。タチの悪い師匠《ししょう》の気まぐれに振《ふ》り回されて疲弊《ひへい》してはいまいかと、少々不安だったけれども」

「エーファ様、ジナは私の弟子ですよ？　心配ご無用です。そもそもジナは苦境を『成長の機会』と捉《とら》えるような努力バカですから、ちっとやそっとのことではへこたれません」

「人の気も知らないで……。ま、師弟《してい》の信頼《しんらい》関係がしっかりしていて何よりだわ」

エーファ様、呆れ気味に皮肉たっぷりの返答をした。

前置きはこのくらいにして、本題に入る。

「――さてエーファ様。私がラーベル村に行くのは、いつにしましょうか？」

にこやかに伝えると、エーファ様は笑顔《えがお》でお怒《いか》りになるという高度な表現をなさった。

「またその話。一応言っておきますが――ヴィクトリア、この件に関しては独断専行したら小突《こづ》き回すどころじゃ済ましませんからね？」

私は右手の手のひらを差し向けて「お待ちくださいな」とジェスチャー。

「よくお考えになってください、エーファ様。私が独断専行しなかったことがあったでしょうか？」

「あなたね――って、余計にタチの悪いことを言っているじゃないの！」

「もう諦《あきら》めてください。私はやると決めたら必ずやるのですから」

エーファ様と私の付き合いは長い――もう四半世紀が過ぎたかな？

お互《たが》い気心が知れているから、私は不遜《ふそん》な態度が取れるし、エーファ様は暴言を吐いたりもする。

「ああもう、好き勝手ばかり言って……。あなたを十二聖に推薦《すいせん》するんじゃなかったわ」

「あっはっは、それはエーファ様の人生最大のミステイクでありましょうなぁ」

私は十二聖などという肩書《かたがき》に興味はない。私を十二聖に封じたのは、誰あろうエーファ様である。――列したのではなく封じた、ここがミソ。

実際その効果は抜群《ばつぐん》だった。十二聖になったことで、私は一年のほとんどを王都の神殿で過ごすことになり、好き勝手があまりできなくなってしまった。

――ま、これも、私のお師様であらせられるエーファ様のお心遣《こころづか》いによるものだ。神殿に留《とど》まってジナと一緒にいたいという私の願いを、叶えてくださったのだから。

「しかし――真面目な話」

私は笑みを消し、真剣な顔でエーファ様に申した。

「繰《く》り返し申し上げている通り、デスブリンガーの対処は、私が全盛《ぜんせい》を保っているうちにやっておきたいのです。浄化《じょうか》、破壊、移送、どれになるかは分かりませんが、いずれも現状、私にしかできないことです。もたもたしていると機を逸《いっ》します」

「――もちろん、それは理解していますよ」

エーファ様も真面目にお答えになった。

「何度も言いますが、この件は準備が大切です。王国政府への提案、議会と国王陛下双方《そうほう》の承認《しょうにん》、現地の領主への協力要請《ようせい》、特に東部辺境の要たるライデンヒース侯爵《こうしゃく》の協力が欠かせません。他にも――」

「聖堂の守護は、ジナイーダとジェリカを送っておきました。それで足りないならエティエンヌを引っ張り出せばいい。あれでも十二聖候補、なかなかどうして実力は悪くない」

ふー。エーファ様が苛立《いらだ》ちの色が濃い吐息をする。

「……つまり、『後は面倒《めんどう》な政治的手続きだけだからそれを早く進めろ』と？」

「そんな乱暴な言い方はしませんよ。大聖女エーファ様におかれましては――」

「おためごかしな言い回しは結構」

はあっ。エーファ様が吐息する。私のお師匠はため息が多い。

「一応聞いておくわ、ヴィクトリア。――命を投げ捨てる覚悟《かくご》はあって？」

エーファ様の最大の懸案《けんあん》はそこか。心配ご無用だというのにな。

「無論。私がやらねば、今度はジナイーダです。あの娘をむやみに危険に晒《さら》したくない」

私が答えると、エーファ様が、ふ、と小さくお笑いに。

「あの娘のことになると、途端《とたん》に殊勝《しゅしょう》というか、らしくないことを言うのね」

「ええ、もちろん。ジナは私が腹を痛めて産んだ子ではありませんし、血の繋《つな》がりもまったくない。ですが、私はジナを最愛の娘だと思っています。

あの娘は、勝つことしか考えていなかった私に、『愛しい』という感情を初めて教えてくれました。そのジナに、私のなし得なかった宿題を押《お》しつけるようなことはしたくないのです。二百年に及《およ》ぶ宿題は、私が片づけます」

「──なるほど」

エーファ様は一息つき、決意したお顔になった。

「いいでしょう。デスブリンガーの対処──これが、私の最後の大きな務めとなりましょう。次の十二聖会議で取り上げます。あなたはあなたで準備をしておくように」

「承知しました。ありがとうございます、エーファ様」

「結局、私の人生はあなたに振り回されっぱなしで終わりそうよ、ヴィクトリア」

「楽しかったでしょ？」

「素《す》っ裸《ぱだか》にひん剥《む》いて干物《ひもの》にしてやろうかしら」

二人で笑いあった。

──事態がほのかに動き出す。だが私ならどうにかなる。そう確信している。

どうにもならなければ、力ずくでどうにかすればいいのだし。

○

ガーゴイルの襲撃《しゅうげき》を撃退《げきたい》してからの、あくる朝。

朝から村の男性陣の姿が見えないから、どうしたことかと思ったら、村の女性陣が口々に「二日酔《ふつかよ》い」とおっしゃっていた。昨日のパーティは確かに大盛況《だいせいきょう》で、男性陣はたくさんお酒を飲んでおられたから、その影響《えいきょう》だろうと推測する。

――それにしても、二日酔いとはどういう症状《しょうじょう》なのやら。聖術による治療《ちりょう》は不要とのことだけれど、本当に大丈夫なのだろうか……？

ともあれ畑仕事をする人が少ないから、私が代わりにする。畑の草むしりと石取りをちまちま進める。

そうこうしていたら、午前中にジェリカが戻ってきた。

「あら、お帰りなさい。大変だったでしょう？」

「テオドーラ様のお陰で、そうでもありませんでしたわ。そちらの方こそ、鉄巨人《きょじん》にガーゴイルと出てきたそうで、大変だったでしょう。村に被害《ひがい》は？」

「まったくありませんよ。ギードさんとリーネさんが、いい仕事をしてくださいまして」

「ふむ。ジナに手助けできる程度の実力をお持ちとは、なかなかですね」

ジェリカが皮肉抜《ぬ》きの賛辞を述べた。彼女が誰かの実力を評価するのは珍《めずら》しい。

「それより、畑仕事はもう切り上げなさいな。そろそろ雨が来ますわよ」

「あら本当」

空の雲行きが少々怪《あや》しくなっていた。言われたとおりに切り上げる。

聖堂に戻ったところで、ジェリカが私の服装について一言。

「というか――その服はなんですの？」

「ソラナさんのご両親様にいただきまして。素敵《すてき》でしょう？」

その場でくるりと回り、私の自慢《じまん》の普段着《ふだんぎ》をジェリカに見せつけた。

ジェリカは呆れ笑いをしていた。

「まあ、あなたがお好きなら好きになさいな。似合ってはいるから」

最後に感想を言うところがジェリカらしい。

「あ、ジナ様。お帰りなさ～い」

戻ってきた私に、アローナが話しかけてきた。

「先ほどまでソラナちゃんが来てまして、家にあった精霊術《せいれい》の本を読みたいということでご相談がありました」

「あら。もしかして私に読み聞かせをして欲《ほ》しいとか？」

「平たく言えば、そういうことですね～。字が読めないみたいで。もしよければジナ様に教えて欲しいって言ってましたよ～」

――よく考えたら、この村には学校がない。最低限、文字の勉強をする場は必要かもしれないと思う。それは今後の検討課題にするとして。

「なるほど、ご指名とあらば行きましょうか。どのみち今日は雨で、外の仕事はできないでしょうし。アローナ、傘《かさ》を用意してくれますか？」

「は～い」

神殿から持ってきた傘を手に、ソラナさんのお家へ。まだ雨は降っていない。

「あら、さっそく来てくださったのですね、ジナイーダ様！　娘が無理を申してしまったようで本当に申し訳ありません」

玄関《げんかん》でお迎えくださったリーネさんが恐縮《きょうしゅく》されていた。

「いえ、お気になさらず。私も精霊術には少し興味がありまして」

私はそのようにお答えした。実際、興味はある。

ソラナさんとの勉強は、ギードさんの書斎《しょさい》をお借りすることになった。ソラナさんのお家は二階建てで、書斎は二階にある。

「ジナ様、さっそく来ていただいて本当にありがとうございます。あの、本当にお暇《ひま》な時で大丈夫なので……」

やや厚みのある古い本を抱《だ》いたソラナさんが、何度も頭を下げていた。

「今がまさにその時ですから」

机の真ん中に魔法式のランプを据《す》えて、その直下に本を置く。ソラナさんと二人、肩《かた》を並べて椅子に腰《こし》かけた。

「ソラナさん、本を読むのは初めてですか？」

「絵本くらいなら、読んだことはあるのですが……こういう難しい本は初めてです」

「なるほど」

本のタイトルには『精霊術の基礎《きそ》』とあった。

「……最初からかなり難易度の高い本に挑戦《ちょうせん》されているようですね。魔導《まどう》学園の教科書としても使えそうなレベルだとお見受けしますが」

「はい。でもお母さんに聞いたら、これが一番読みやすいそうで。お父さんもお母さんも、家のこととか下の子のお世話とかで忙《いそが》しくて、なかなか読んでもらえなくて……」

私をご指名いただいたのはそういう理由か、と納得《なっとく》する。

「承知しました。では読みましょう。――最初は著者からのメッセージですが、たいしたこと書いてないので飛ばします。気になるようでしたら最後に読みますね」

「え？」

「どうせ『この本を書くに当たり精霊術の現状について鑑《かんが》みるに云々《うんぬん》』とか、小難しいことしか書いていませんよ。著者の感想なんてどうでもいいのですっ飛ばします」

「わ、ワイルド……」

これは、魔導学園で数多《あまた》の本を読んだ経験によるものだ。どれもこれも本当にどうでもいい感想しか書いていないので、遠慮《えんりょ》なくメッセージ部分をすっ飛ばすようにしている。

ということで、最初の部分。『精霊術とは』という部分を音読していく。

お母様のリーネさんが読みやすいとおっしゃるだけあって、本当に読みやすい。

私はそう感じたのだけれど――

「ふえぇ……難しい……」

ソラナさんはさっそく目を回しておられた。あらあら。

少しアドバイスしてみる。

「ソラナさん、こういう時は無理に文字通りに受け入れようとせず、『自分なりに仮説を立ててみる』ことをお勧めします」

「仮説、ですか？」

「ええ、たとえばこの部分、『気の流れを読み取ることから始まる』というのは――少し前にサラマンダーさんを呼び出した時に、『熱』を読み取ることでうまくいくようになったでしょう？　そういうことだと思いますよ」

「そう考えると、確かに……」

「そこで、その仮説が正しいかどうかを実践《じっせん》してみるのです。——試《ため》しにサラマンダーさんを呼び出してみてください」

「あ、はい。——火を司《つかさど》る精霊・サラマンダー様。私の前に姿を現し、お話をさせてください——」

ソラナさんが精霊術を使うと——眼の前にポッと炎《ほのお》が灯《とも》り、トカゲの姿を形作った。気分よさそうに空中をくるくる回っている。

「気の流れを読み取るって、こういうことなのでしょうか?」

「ええ、実際に精霊術が使えたのですから、それで合っているということになります」

「ということは、精霊様の属性ごとの気の流れがあるということになる……」

「そうなります」

「なるほどぉ。なんだか分かった気がします。ありがとうございます、ジナ様」

理解が進んだようで何よりだ。それにしても彼女、飲《の》み込《こ》みが早い。成長したら、お母様以上の精霊使いになりそう。

サラマンダーさんにはお別れを伝えて、先を音読していく。ソラナさんが引っかかるところがでてきたら、一緒に考えてみて、トライアンドエラーを繰り返していく。

少し休憩《きゅうけい》を取った。その時、ソラナさんからこんなことが。

「なんだか、本当にお姉ちゃんみたい」

「？」

「いえ、私、長女なので、お姉ちゃんっていうのに凄《すご》く憧《あこが》れがあって。……ジナ様みたいなお姉ちゃんがいたら、いいなぁって」

あらあら、なんて可愛《かわい》らしいことをおっしゃるのかしら、ソラナさん。

そんなふうに言われたら――本当に『お姉ちゃん』をしてみたくなる。

だから、私はこう答えた。

「実は私も長女だったんですよ。妹が一人いて。――ここで新しい妹ができたら、それはとても素敵なことですね」

「えっ、そ、それって……」

私は微笑みかけ、そして言った。

「お姉ちゃんって、呼んでみてくれますか？」

そうすると、ソラナさん、少しためらった様子を見せてから、

「――ジナお姉ちゃんっ」

とても、とても可愛らしい声で、呼びかけてくれた。

嬉しさで心が満たされる。嬉しさのあまり、ソラナさんに抱きついてしまった。

「ふえっ⁉」

「ああもうっ、なんて可愛らしい妹なのでしょう！　ああ、よしよしよしよし」

ソラナさんの髪《かみ》を撫《な》で回すと、

「ふえぇ……」

ソラナさんはとろけるような声を出して、身を委ねてくれた。

新しい妹ができた。

あの時のつらい経験が、新しい喜びで上書きされていく。

努力のご褒美《ほうび》だとしたら——最高のものだ。

向かい合って、私は言った。

「このことは、二人だけの秘密ですよ？」

「——はいっ」

私たちはしばらく見つめ合い、そして、笑い合っていた。

雨が降る。けれど悲しくはない。
慈雨《じう》は大地を湿《しめ》らせ、その水が命を育むから。
ラーベル村での生活は、笑いあり、喜びあり、時に困難ありといった形で続いていく。
今からは、来《きた》る冬に向けて色々と支度《したく》をしないとけない。
けれど私はへこたれない。
この村は私の第二の故郷。この村を守るためなら、私は何だってする。
――私は聖女騎士ジナイーダ。
村のため、村に住まう人々のため、これからも努力していきます！

〈了《りょう》〉

あとがき

底辺作家の桊三一と申します。最近はグラフィックボード蒐集に情熱と資金の大半を費やしており、干からびる寸前でございます。皆様いかがお過ごしでしょうか？

今回あとがきが１Ｐだけなので、ここは感謝を申し上げる場とさせていただきます。

ＨＪ編集部の皆様、特に私のような奇行種の奇行プロットからこの作品をブラッシュアップしてくださいました担当様、本当にありがとうございます。

イラストを担当してくださいました、なたーしゃ様。可愛いジナたちを描いてくださいまして感無量であります。本当にありがとうございます。

私の作品を取り扱ってくださいました書店様、そしてこの作品をお手に取ってくださいました皆様、心から感謝申し上げます。もしよければ布教をお願いいたします。

そして高校時代からのフレンズの皆さん、またＢＢＱとしゃれこみましょう。

なお、桊は農業エアプです。やり方を間違っている可能性は大いにありますが、お目こぼしを下さいますと幸いです。ではまた。

HJ文庫 https://firecross.jp/
1170

無敵な聖女騎士の気ままに辺境開拓 1

聖術と錬金術を組み合わせて楽しい開拓ライフ

2024年6月1日　初版発行

著者――榮 三一

発行者―松下大介
発行所―株式会社ホビージャパン

〒151-0053
東京都渋谷区代々木2-15-8
電話　03(5304)7604（編集）
　　　03(5304)9112（営業）

印刷所――大日本印刷株式会社

装丁――BELL'S GRAPHICS／株式会社エストール

Printed in Japan

ISBN978-4-7986-3550-7　C0193